小惡魔學妹 1
纏上了被女友劈腿的我
My coquettish junior attaches herself to me!
羽瀨川悠太
大一生，跟女朋友分手之後過著無精打采的日子，不知為何真由就是會主動靠近他……？
志乃原真由
跟悠太就讀同一所大學，小他一屆的學妹。個性天真爛漫，但也有著小惡魔的一面，各方面都想讓悠太動心。

「謝謝你幫我撿起來。」
那身紅色的衣服看樣子是聖誕老人裝，這讓我擅自覺得她打工很辛苦。與此同時，我滿腦子已經在想別的事情了。
她格外可愛。再加上聖誕老人的裝扮，看起來簡直像從別的世界過來的人一樣，特別突出。

Situation 1
被女朋友劈腿的我，
在聖誕節前夕
邂逅了美少女聖誕老人。
從其他路人也都會對這個女生行注目禮看來，我的眼光大概沒有錯。
她有著一頭髮尾微捲的深色頭髮，臉上化有淡妝，看樣子應該跟我一樣是大學生吧。
看見她的大眼中倒映出的自己，讓我不禁逃避似的撿起傳單。
「不、不會。畢竟是我不好。」
Xmas

美濃彩華
跟悠太就讀同一所大學的同學，兩人從高中開始就是推心置腹的朋友。
「我很喜歡你的這種個性喔。」
Situation 2
跟女性朋友單獨喝酒。

「……總覺得好久不見了。
過得好嗎？」
相坂禮奈
悠太的前女友。就讀悠太大學附近的女子大學，跟悠太是在那所學校的校慶上認識。
Situation 3
偶然巧遇前女友。

Situation 4
跟學妹在我家。

「我決定了。」
「決定什麼？」
「我要讓學長更喜歡我。」
我感受到志乃原再次翻過身面對我。
她這次貼近到我甚至能感覺到她的呼吸。
「晚安，學長。」
志乃原的手，稍微觸碰了我的背。
這是一個輕輕的擁抱。柔軟的觸感。
從脖子飄散出的洗髮精香氣搔弄著我的鼻腔。
那確實存在著一股溫暖。
這個擁抱持續了一段時間，
志乃原終究還是鬆開環在我腰上的手。
「啊哈。總覺得小鹿亂撞了。」

小惡魔學妹
纏上了被女友劈腿的我
1

MY COQUETTISH JUNIOR ATTACHES HERSELF TO ME!

小惡魔學妹 1

纏上了被女友劈腿的我

My coquettish junior attaches herself to me!

御宮ゆう

插畫 えーる

Kadokawa Fantastic Novels

My coquettish junior attaches herself to me!

序章

那一天發生的事情我不可能忘記。

我有一個交往快一年的女朋友。

名字是相坂禮奈。

雖然我們念不同大學，但既同年也很聊得來。而且她還有著連我都覺得自己配不上她的可愛容貌。

個性溫柔敦厚，身邊的人也都很羨慕我。

跟國高中生談的戀愛相比，大學生交往時的相處更加成熟。

當然，我們也有了成熟的關係。

會被旁人那樣欽羨，就某種意義來說或許也理所當然。

我自己也對於跟這麼好的女朋友交往感到自豪，感情也投入到甚至擬定了一點也不適合自己的驚喜。

「一週年紀念日像這樣慶祝就可以了嗎？」

我拿在手上的，是為了一週年紀念日的約會而買的昂貴香檳。

竟會擬定出兩人一起喝開始交往紀念日那天所釀造的香檳，這種完全就是專為情侶設計的計畫，以前的我絕對想不到。

明天也預約好了她喜歡的義大利套餐，她一定會很開心。

快到家的時候，心中也跟著湧上不知道禮奈會做出什麼反應的期待感，以及準備得如此周全卻得不到回報的話，應該會很難受的些許不安。

然而在家門前等待著我的，卻只有自己的女朋友牽著其他男人的手這種莫名的狀況。

「我們分手吧。」

這一年來的交往，沒想到竟以這樣的形式劃下休止符。

——這是在和聖誕老人相遇前一個月的事情。

隨著美少女聖誕老人的到來，我的日常生活逐漸產生巨大的改變。

◇
◆

「就算當個乖孩子，聖誕老人也不會來啊……」

抽著今年開始會抽的菸，呼出的白煙飄蕩在寒冷的半空中。

我——羽瀨川悠太在車站附近的公園裡不滿地這麼說。

「根據聖誕老人會給的報酬而論，也不是不能當個乖孩子吧。」

在旁邊等我抽完菸的朋友——美濃彩華竊笑著回我這麼一句話。看她那個表情，我就大概猜到她想說什麼了。

「什麼樣的報酬？」

「男朋友！」

「我想也是。」

我冷淡回應了這個預料中的回答之後，彩華就嘟起了嘴。

「怎樣啦，這是當然的吧？到了這個時節，大家想的差不多都是這種事嘛。」

看著我叼上今天第三根菸，她便向我問道：「不然你想要什麼？」彩華似乎也預料到我的回答，只見她的嘴角已經揚起笑容。

「錢。」

「噗哈！我就知道！」

彩華像是正等著我這個回答一樣噴笑出聲。

「吵死了。」

這次輪到我撇嘴了。看我這個反應，彩華更是覺得滑稽地笑著。

「我看你啊，果然還放不下前女友吧。」

「才不是咧。」

「哈哈哈，受不了。我笑到停不下來。」

「就說不是了！」

我不禁跟她認真起來，講話變得大聲之際，彩華才終於止住笑意。

「抱歉抱歉。戳中我的笑點了。」

「有夠差勁耶。」

「別鬧彆扭嘛。」

看著一邊拍打我的肩膀，到現在還抽著嘴角憋笑的彩華，我不禁嘆了一口氣。

自從高二認識彩華以來直到現在大二，我跟她算是相處很久的朋友了。而且現在也念同一個科系，所以共處的時間很長。

就一般審美眼光來看，長相算美人類型的彩華很受歡迎。

但隨著熟稔起來之後她被認為難相處，幾經波折下她還是交不到男朋友。

我不討厭這傢伙會對他人的不幸一笑置之的個性。毋寧說，在和前女友分手的時候，被她那樣嗤笑反而讓我心裡覺得好過一些。

我跟前女友在一個月前就因為被劈腿而分手了，但大多朋友在聽見這件事情之後都會感到動搖，並想方設法安慰我。

我討厭看到他們那個樣子，所以就這件事來說，我很感謝那樣一笑置之的彩華。

而且儘管被一些人認為難相處，但彩華算是個很溫柔的人。現在也是，明明不抽菸，卻毫不嫌棄地陪我解菸癮。

「所以說，你跟前女友之間怎麼樣啦？還有在聯絡嗎？」

「白痴，怎麼可能還跟她聯絡啊。我的心靈可沒有堅強到那種程度。」

「乖乖乖，這樣才對嘛。那你是不是也差不多要來參加聯誼啦？」

彩華眼神發亮地對我笑了一下。人脈很廣、認識很多同好會學生的彩華，偶爾會擔任聯誼的主辦，並約我參加。

「聯誼喔～～」

「我會成為你的聖誕老人啦！」

「啊，所以會給我薪水嗎？那我義不容辭。」

「才不會給！我幹嘛那麼可憐還要付你錢啊！」

「那我就不去了。」

把菸在菸灰缸上捻熄後，我離開了吸菸區。

「咦，你要走了？」

「抱歉，我今天要去打工。」

「是喔。那改天見啦，你要是改變心意就再傳ＬＩＮＥ給我吧。」

「喔。」

簡短應了她一聲之後，我踏上歸途。

我不太喜歡參加聯誼。

要去打工是一時之間撒的謊，但再那樣跟彩華聊下去，似乎會就此接受她的邀請，所以也是逼不得已。

沁入衣服的殘留菸味，今天顯得格外刺鼻。

♥第1話　邂逅聖誕老人

街上所到之處都亮著繽紛燈飾，就算不想也會認清現在就是聖誕時節。

斜眼看過閃耀著紅色、綠色、金色的光輝，我不禁嘆了一口氣。

不管到哪裡全是情侶。真想詛咒不小心經過以情侶聚集而聞名之處的自己。

儘管拒絕了彩華的邀約，一旦親眼看見一對對情侶，心中難免動搖。

偶爾看見一群只有男生的團體，內心才剛湧上親近感，就聽到「女朋友好像會喜歡吃法式料理，所以我接下來要去那類餐廳踩店啦」這樣的對話而失落。

再加上去年聖誕節也是跟女朋友一起度過，就更覺得在這個歡慶聖誕的街道上沒有自己的立足之地。

「不好意思，呃，請參考一下！」

在這陣喧鬧之中，有個身穿豔紅衣服的女生突然間遞了一張傳單到我胸口。

正因為身旁全是情侶，才不禁讓我覺得煩躁——這應該是個難堪的理由吧。

我下意識地揮開了伸過來的那隻手。

「呀啊！」

那個女生一個踉蹌，讓原本拿在手上的傳單全都四散在地。

「唔喔，對不起！」

我慌張地想趕緊將散落滿地的傳單撿起來，時機卻很不巧地剛好有一群學生經過，大半的傳單都被踩了過去。

「不好意思，真的很抱歉。我會賠償。」

雖然不知道傳單要花費多少錢，但我總之慌張地拿出放在褲子後方口袋的錢包。

見狀，穿著紅色衣服的女生顯得不知所措。

那身紅色的衣服看樣子是聖誕老人裝，這讓我擅自覺得她打工很辛苦。確實是才剛和彩華聊到聖誕老人怎麼不來之類的，但還真沒想到會以這種方式邂逅。

「不、不用，沒關係！我才是突然把傳單塞給你，真是抱歉。我會把剩下沒有弄髒的部分發完，再和主管說明原因……」

「我也跟妳一起去吧，得由我來解釋才行。」

為了將撿起來的傳單遞給她，我抬起了臉。

那個女生雖然覺得困惑，似乎也有在考慮我的提議。

與此同時，我滿腦子已經在想別的事情了。

出。

她格外可愛。再加上聖誕老人的裝扮，看起來簡直像從別的世界過來的人一樣，特別突出。

從其他路人也都會對這個女生行注目禮看來，我的眼光大概沒有錯。

她有著一頭髮尾微捲的深色頭髮，臉上化有淡妝，看樣子應該跟我一樣是大學生吧。

看見她的大眼中倒映出的自己，讓我不禁逃避似的撿起傳單。

「謝謝你幫我撿起來。」

「不、不會。畢竟是我不好。」

「其實我主管滿嚴格的，所以你剛才的提議確實會幫上我很大的忙。但真的可以嗎？我大概還要再一小時左右才能下班……」

「反正我剛好沒事，這點時間的話我可以等妳。」

聽我這麼說，穿著聖誕老人裝的女生低頭向我鞠躬道謝。

「那麼……就晚點見。我可以跟你說哪裡有能稍作休息的地方就是了……」

「啊，沒關係。我大學就在這附近，這一帶對我來說就跟我家後院一樣熟悉。我在旁邊那間購物中心一樓的一間叫Returs的咖啡廳等妳。」

「你說的是就在旁邊的那間大學嗎？」

說到旁邊的大學，也就只有那一所而已。

我點頭回應之後，總覺得她原本客套的表情帶上了一點親近的神色。

「那個，我叫志乃原真由。」

「我是羽瀨川悠太……那麼，晚點見。」

「啊，好的。我知道了。Returs對吧。」

說完跟彩華道別那時相較之下顯得有些生硬的回應，我提步走向情侶聚集的購物中心。

看著四處點綴著帶有聖誕色彩的繽紛裝飾，總覺得自己的步伐不可思議地輕快了起來。

◇◆

「好慢啊。」

位在清一色是聖誕色彩的購物中心一樓的咖啡廳——Returs。

我一個人坐在吧檯區的座位，等待穿著聖誕老人裝的女生。

我捲起袖子，看向手錶確認時間。距離約好的時間已經超過四十分鐘。

不過，仔細想想也是理所當然吧。

就算說要解釋，我能做的也只有跟她一起道歉而已。剛才雖然慌張地不做多想就拿出了錢包，但應該沒什麼公司會因為不過是把傳單撒了滿地就要求賠償。

我最後再看了一次手錶，接著站了起來。

一口氣將已經完全冷掉的咖啡喝光，我踏出店外。

踩著沉重的步伐走在人聲鼎沸又熱鬧的購物中心當中。

冷靜下來想想，一起道歉是怎樣啊？

那樣像是新搭訕手法的言行舉止，肯定會引起她的戒心。換作是我，也會懷疑這傢伙到底想幹嘛？

……如果會被那樣想也無可厚非，但放鴿子再怎樣也太狠了吧。

一邊想著這種事情，這才忽然發現眼前有一對情侶牽著手筆直朝我面前走來。情侶對望走著，沒有發現我就在前方。

結果，我害得情侶不得不分開牽緊的手。

「不好意思。」

我低頭道歉。

不過應該是高中生的那對情侶沒有因此回頭，以浪漫的方式重新牽回被我分開的手。

「……唉。」

我不禁嘆了一口氣。比起怒氣之類的，覺得難堪的心情先湧了上來。

那兩個高中生想必也會一同度過聖誕節。就算還沒有什麼錢，但可能也會奮發一下，預約一間不錯的餐廳。

我把手插進牛仔褲的口袋裡，戴上耳機。像是為了阻隔周遭講話的聲音，逐漸提高喜歡音樂的音量。

一人獨處其實也不是多難受的事情，但沒想到聖誕節對於單身人士來說如此不溫柔。今天就直接回家，看個漫畫也好。聖誕夜跟聖誕節當天就決定這麼度過了。

這時，我的肩膀被客氣地輕拍。

然而回過頭看見的是不認識的女生——並非如此，是剛才還穿著聖誕老人裝的女孩。

她現在身上穿著米色大衣。做聖誕老人打扮時看不太出來，不過現在這樣看來，感覺年紀應該比我小。

「咦，怎麼了？」

「啊，呃。我是剛才那個人。」

「抱歉，我以為妳不會來了，正打算回家。現在要過去嗎？」

先離開自己說好要等人的地方，讓我覺得有些罪惡感，因此眼神亂飄地這麼問了。就算對方遲到了四十分鐘，或許應該要再多等一下才是。

「不用，都已經結束了。」

「咦？」

「雙重意義來說。」

「咦？」

「我辭職了。」

「什麼！」

我不做聖誕老人了——面對這樣說還輕鬆笑著的女生，我不禁後退了幾步。

是因為我那時撞到她害的嗎？

「反正不管怎麼說，我都差不多想要辭職了啦。不過，再也不能做聖誕老人的打扮，讓我覺得有一點點寂寞就是。」

「妳、妳這樣沒關係嗎？」

「沒關係啊。」

「然後……」這麼說著，女生的嘴嘟了起來。看來直到剛才那種有禮的態度，似乎都是因為還在打工的關係。

「我有跟你說過我的名字了吧。我叫志乃原真由，請不要一直用『妳』來稱呼我。」

「啊，抱歉……但這麼輕易就跟陌生男子說自己的名字，這樣好嗎？」

我們不過是在路上撞到，害得傳單掉滿地的關係而已。抱持著這種想法，我問出口。

「你這樣問是什麼意思啊？聽起來好像在說我是個很隨便的女生一樣耶。」

「我、我不是那個意思……」

看著瞇細雙眼的志乃原，我慌張地揮動手表示否定。

「……不過，說得也是，抱歉。我真的只是擔心妳，但不管怎麼說，都是我太雞婆了。」

我一道歉，志乃原反而眨了眨眼。

「不、不會……我也不是那個意思。請你別這樣道歉，我只是開個玩笑而已。」

「咦，是在開玩笑嗎？」

「對，是在開玩笑。」

「這、這個玩笑還真難懂啊……我還以為真的惹妳生氣了。」

「我才沒有那麼易怒，這樣就生氣呢～～」

志乃原像是沒想過我會這樣看待她般皺起了眉。

我倒覺得第一次見面的人怎麼可能看穿這種事情，回以苦笑。

「還有，羽瀨川同學，我們是念同一所大學喔。順帶一提我是大一，大概比你小吧。」

「咦，志乃原同學也是嗎？我是那間學校的大 學生。」

「是的。說到就在旁邊的大學，這附近也只有這一間了嘛。既然你年紀比我大，就請不要加稱謂了。總覺得怪怪的。」

志乃原皺起臉這麼說。

的確，我也只有在打工的時候，會被學長姊加稱謂稱呼而已。

私底下還加上稱謂感覺或許會怪怪的。

「那麼，志乃原。有什麼可以讓我補償妳的方法嗎？就算妳原本就想辭職，但因為我的關係而在今天辭職也是不爭的事實。」

聽我這麼問，志乃原環抱雙臂做出思考的動作，還刻意發出「嗯～～」的低吟。

「你明天有空嗎？」

「咦？」

「我想去一個地方。」

這麼說著，志乃原拿出智慧型手機開始滑了起來。過了十幾秒左右，她將手機畫面遞到我眼前讓我看。

「這間店滿不錯的喔。我敢保證。」

「……呃，但這間店……」

上面寫著法式料理聖誕套餐一人份八千圓耶，是我眼花了嗎？

「……為什麼？」

「為什麼呢？哎呀，就是那個嘛。看在念同一所大學的份上。」

「理由真隨便耶。」

「是很隨便。我覺得人生多少還是活得隨便一點比較好。」

「喔。」

「騙你的啦。就像剛才學長所講的，這是補償嘛。這點程度的任性也沒關係吧。」

「唔咕！」

她這樣一說我就難以反駁了。確實在幾秒鐘前，說要補償她的人正是我。而我要是拒絕她的提議，就稱不上是補償了。

……是說，剛才她好像順勢講了什麼令人在意的單詞。

「怎麼叫我學長？」

進到大學大概兩年，只要沒有加入社團活動，就幾乎不會被年紀比自己小的大學生稱作「學長」。

在同好會當中通常是用同學稱呼，我自己也是在高中畢業之後就沒再被稱作學長了。

「啊，不好意思，不小心就用了習慣的稱呼。因為我直到不久前都還有參加社團活動，不禁就把年紀比我大的人稱作學長了。」

「哦，有加入社團就會有這種習慣啊。」

「不，我想這樣的人應該不多吧……不能這樣叫的話，用一般的稱謂也行。」

一被稱作學長就會回想起許多以前的事情，總覺得有些害臊，但也只是這樣而已。根本無法當作拒絕的理由。

「隨妳高興吧。」

「好的，那就用學長。那麼，我們加一下ＬＩＮＥ吧。最後就決定去那間店沒問題吧？」

「喔，嗯。ＯＫ。」

船到橋頭自然直吧。

我拿出手機，交換了彼此的ＩＤ。

說出要賠償的人是我，現在也只能順著志乃原的意了。

就這樣，我和變成前聖誕老人的志乃原真由約好要共進晚餐。

一人份八千圓的聖誕套餐啊。結果還不是要花錢消災。我費了好一番功夫才讓自己丟掉這樣的思考。

◇◆

「我回來了。」

一回到家，儘管不會有人回應，我還是這麼出聲。

這也是自己外宿的生活中會覺得寂寞的瞬間。

雖然大學跟老家的距離並沒有太遠，但因為很憧憬自己一個人住，便向父母懇求了。

一開始還想找朋友到家裡玩，但對我來說，一個人住的缺點還比較多。

尤其沒有熱騰騰的飯可以吃，更是格外難受。

將自己很喜歡的夾克掛上衣架，並把智慧型手機扔到堆積在地毯上換洗衣物。

在那瞬間，智慧型手機的螢幕亮了起來，顯示出有新訊息傳來的顏色。我探頭一看，只見彩華傳了ＬＩＮＥ過來。

『聖誕節當天要辦聯誼，你來嘛。』

「要辦在聖誕節當天喔。」

我忍不住發出聲音做出回應。

明天是平安夜。

真是臨時的邀約，而且我明天還跟志乃原有約，更重要的是一想到平安夜跟聖誕節兩天都要踏出家門就提不起勁。

『我有約了，沒辦法去。』

傳送。

結果兩秒後就顯示出通知來電的畫面。果不其然，上頭寫著彩華的名字。

「幹嘛啦？」

『我才要問你幹嘛呢，說什麼謊啊。』

「說謊？」

對耶，彩華似乎壓根不覺得我會有約。

實際上要是沒有遇見聖誕老人，我也確實沒有約，但總覺得更是令人火大。

『人數不夠嘛。我向你低頭就是了，拜託。』

「不是啊，我又看不到。」

看來是要參加聯誼的男女人數湊不齊。

人脈很廣的彩華難得會為了湊人數而焦急。

分明只要彩華登高一呼，應該就會召集到很多人才對。

「再說了，男生人數不夠就交給男方去煩惱就好，為什麼是妳在找人啊？」

『這次是將我精挑細選的男性朋友，介紹給朋友們的感覺嘛。』

「喔，精挑細選啊。」

『而你光榮入選了！恭喜你！』

「我要掛電話了。」

『抱歉抱歉，等一下啦！』

從彩華慌張出聲阻止的樣子看來，似乎真的是求助無門了。

「怎樣啦！再說，在妳精挑細選的一群男生當中，我去了也只是格格不入而已吧。」

『哎呀，才不會呢。我還滿喜歡你的喔。』

她的聲音聽起來愣了一下，這樣對我說。

「呃，喔。妳是怎麼啦，撞到頭了嗎？」

『哦，害羞了、害羞了。所以說，你有約是怎樣啊？真的不是騙我的嗎？』

「妳這傢伙……」

因為這樣而不禁動搖，讓我心有不甘地咬著下唇。

「……聖誕老人約我的啦。」

『啊？聖誕老人？』

她的口氣聽起來就像在說「你在講什麼鬼話啊？」一樣。

「打扮成聖誕老人的學妹。總之，發生了很多事啦。」

於是我就開始解釋起剛才發生的事。

聽完整件事的始末之後，彩華「嗯～～」地低吟，用狐疑的口氣問道：

『……你真的不是被騙嗎？』

「呃。會這樣想喔？」

『不過是把傳單弄掉滿地就要等到人家下班的你也是很厲害啦，真不愧是搭訕王。』

「喂，等一下，我可沒有做過搭訕這種事喔。」

我抗議地說「這可不能聽聽就算了」，卻被一句「不要打斷我講話啦」給一口回絕。

我倒是覺得說出那種會被人打斷的話才不對。

『而且啊，會約第一次見面的學長出來，我覺得那個女生更是不得了。搞不好約會的時候會出現別的男人跟你要錢之類……』

「仙人跳喔。應該不至於吧。」

『天曉得。不過，也好啦。這樣我就知道你有約的是明天平安夜了。』

「啊？」

『那麼，後天下午六點，就在平常那個車站前見嘍。掰逼。』

我只能茫然地看著被唐突掛斷電話的智慧型手機螢幕。

◇◆

從高中開始她就有點旁若無人，但這傢伙最近對我的態度是不是越來越隨便了？

「讓你久等了。」

平安夜當天，也是和志乃原約好的日子。

前聖誕老人也就是志乃原，在會合的時間準時登場。

「嗨。妳很準時啊，我沒等多久啦。」

「我原本是想搭前一班電車過來的……但人太多了，擠不上去。」

聽她這樣說，我不禁點頭同意。不知道是不是錯覺，但電車上的情侶感覺有平常的一倍之多。

「我們走吧。」

我來帶路——因為她這樣說了，我就跟在她身後前進。

走在路上的情侶們，那些男朋友的眼神都不禁瞄向志乃原。

不知道是不是錯覺，志乃原臉上的妝比昨天還更正式，完全不見學妹的氛圍。

面對可愛到令人眼睛為之一亮的志乃原，即使心有不甘，心情還是覺得高昂了起來。

穿過高架橋下面，稍微遠離了滿是情侶的大馬路，我們來到比較偏遠的道路上。

雖然還不至於冷清，但來往的行人明顯比剛才少了很多。

不同於跟十層樓甚至更高的大樓比鄰的大馬路，這附近多是兩層樓的建築物。

這裡也是每間都用聖誕色彩裝飾著，一眼就能看出多為情侶進出的店家。

「就在這裡。」

志乃原手指向的並非兩層樓的建築，而是連接到地下室的樓梯。

我看她頭也不回地直直走下去，忽然想起了昨天彩華給我的忠告。

「嗯？怎麼了嗎？」

志乃原在中途停下腳步，露出愣愣的表情看向我。

「不，沒事。」

拋開彩華的忠告，我也跟著下了樓梯。前方有一扇厚重的門，志乃原把手擺在門把上。

由於一看就覺得很沉重，我在後方幫她拉開了門。

噹啷啷。

跟聖誕節很相襯的鈴鐺聲，在門開啟的瞬間迎接我們。

店裡的人向我們致上在連鎖店很少看見的殷勤禮儀，讓我不禁挺直了背脊。

「我是預約下午六點半的志乃原。」

聽志乃原這麼說，店裡的人再次行禮之後，就朝著店內深處走去。

店內光線昏暗，完全沒有可以從走廊窺見到的座位。全都是用門隔開的包廂。

店員帶我們入座的是兩人並肩坐的沙發座位。

桌上已經準備好了酒杯。

這很明顯就是……

「感覺是情侶專用耶。」

「畢竟是聖誕節套餐嘛。」

若無其事地這麼說了之後，志乃原就在裡面的座位坐下。她用視線催促我也就座。

「呃——」

「這是補償，對吧？」

「……對。抱歉。」

光是這句話，就讓我想起這是自己說出口的提議。

就算是昨天才剛認識而已，突然就被帶到這種店來，要人不去意識那種事也很難，但還是稍微冷靜下來吧。

「雖然是套餐，但飲料可以單點喔。想喝什麼酒就請點吧。」

志乃原這麼說著，就將酒單遞給我。上頭標的價格全都比隨處可見的居酒屋還要貴個三倍左右，感覺要一邊衡量口袋的深度才能點餐了。

「這間店的套餐真的只要八千圓嗎？」

「對啊。這就是所謂的祕密好店。」

志乃原哼笑了兩聲，得意地這麼說。

「那就好……是說，為什麼要把我帶來這裡啊？」

「問得好！」

志乃原感覺就等著我這麼問，雙眼閃閃發亮。看來是有著什麼並非仙人跳的理由。

「我的男朋友！上星期劈腿了！」

志乃原憤憤地這麼說。

儘管還沒倒入餐前酒，她還是拿起了酒杯送到嘴邊。

「咦？是空的耶。」

「呃，拿起來的時候就該發現了吧。」

害我不禁傻眼地這麼應上一句。

「是說妳還未成年吧。就算人家幫妳倒了餐前酒也別喝喔。」

「請你別說那種死腦筋的話嘛～～學長應該也是在迎新時就喝了吧？」

一邊將酒杯放回桌上，志乃原嘟起了嘴。

二十歲以後才能飲酒。然而這件事情在新生歡迎會，也就是迎新時常常會被忽視。

這並不是寬鬆世代玩過頭的結果，而是從以前傳承到現在的不良規矩。

「才沒那種事。我很慎重地拒絕了。」

「真的嗎～～？」

志乃原瞇細了眼朝著我竊笑。

那個表情就像是小惡魔一樣，感覺會被她玩弄於股掌中的男人可能不只一兩個。

之後我們因為就讀同一間大學的交集而熱絡聊起其他事情，當志乃原回過神來止住話題時，已經是要上主菜的時候。

「這麼說來，我的話題是不是若無其事地被帶過了啊？我覺得自己說了一件滿有衝擊性的事情耶。」

「剛才妳自己也差點忘了吧。」

「才、才沒有呢。只是別的話題聊開了而已。」

「的確聊開了呢。難以想像我們昨天才認識。」

「是、是啊。呃，這件事先別管。」

志乃原輕咳了聲，間隔了一拍空白時間。

「我男朋友劈腿了。」

「呃，喔。」

第二次聽到這句宣告，衝擊力就沒那麼大了。

不如說，我滿腦子都在想要怎麼回應她才好。一想到我那個時候是不是也像這樣讓朋友們傷透腦筋，就覺得愧疚……

為了掩飾這樣的心情，我喝了一口剛才點的調酒。

「這間店我也是來看過超～多次才決定的喔。沒想到會跟素未謀面的學長一起來。」

「是妳約的吧……」

「這麼好吃的肉，還有美酒，就連湯其實都是因為那個男朋友很想吃，我才會預約這個套餐耶！」

「妳感覺完全不覺得傷心難過耶。」

聽她那種讓人覺得就像是演出來的語氣，害我不禁吐嘈了一下。

「啊，被發現啦。」

志乃原吐了吐舌頭。

「雖然這是我第一次交男朋友，但其實我從國高中開始就一直拒絕男生的告白。」

「哦，妳很常被告白啊。」

「對啊，因為我很受歡迎嘛。」

講得若無其事。

簡直像是在說「我對那種事情沒什麼興趣」一樣。

實際上我也覺得這樣的外貌不可能不受歡迎，因此關於這點我也坦率地點了點頭。

「那這次妳為什麼會跟他交往？」

志乃原「嗯～～」地苦思著低吟了一聲之後，彈響了手指。

「就是那個啊。因為想體驗一些情侶會做的事情。」

「哦。」

「在社群網站上看到大家都在聊這個，就覺得好像滿不錯的。讓我也想交個男朋友，去很多地方玩看看。」

「喔喔，原來如此。」

滿多人是因為這樣的理由交男女朋友。

而且到了這種時期，大家更像是要秀給大家看一般增加貼文。

例如平常只會在約會之後上傳照片的情侶，現在約會前也會上傳貼文。

多虧如此，我最近上社群網站的頻率也減少了。

「就是因為這樣，我第一次跟人交往了。沒想到這段關係卻因為對方劈腿而結束，感覺很討厭吧。不，我覺得討厭的不是分手這件事，而是就這樣都不反擊。」

「也是啦，被劈腿也有人會這樣想吧。」

我那時候還滿受打擊……不，是相當受到打擊，輕易地就窩在床上躺了一星期左右。

就連彩華都覺得擔心，我記得她還幫我寫了上課筆記。

「那傢伙就算劈腿，最喜歡的還是我。所以我要稍微報復他，再甩了他。」

「要怎麼做？」

「那是之後才要仔細想的事情，不過最安定的方法應該還是在他面前和別人耍曖昧之類的吧。但如此一來就要找人協助我了。」

「是喔。那妳自己加油。」

只留下這句話，我的眼神就看向剛剛送上來的主菜菲力牛排。

「所以說呢，學長。」

「我拒絕。」

「我什麼都還沒講耶！」

假扮戀人……這種題材的作品以前有在少年漫畫雜誌上連載過，我就想說會不會是要拜託我做類似的事情。

總覺得有種不祥的預感所以就搶先拒絕了，從她這個反應看來我的直覺應該沒有錯。

「拜託你了，只要一下下就好！總之就先從在那傢伙面前裝出我們曖昧的樣子開始。」

「我才不要，今天之所以會來這裡確實是由我起頭的，但這跟那件事沒有關係吧。妳去拜託別人啦。」

「這種事情太丟臉了，我沒辦法拜託很熟的朋友嘛！」

是沒錯啦，但就這樣找上我，也會讓我覺得困擾。

應該還有其他更適合的人選才對。從志乃原的外貌看來，只要她登高一呼，肯定會有男人從四面八方湧上來。

「好嘛，這一頓就由我請客。這樣如何？」

「白痴，誰會讓年紀比自己小的女生做那種事啊。單純各付各的就好。」

如果是自己主動約女生來吃這頓，應該就會毫不猶豫地連同對方的份一起全額刷卡付清。

再怎樣我也沒打算請志乃原，但要讓她請這一頓總覺得有些抗拒。

「不，我扮聖誕老人其實賺滿多的，如果可以為此僱用學長，那就正如我願了。不管學長有什麼意見，我都會硬要出這筆錢，所以請別再掙扎，乖乖讓我僱用吧。」

「也、也太沒道理……」

「你聽好了，這一頓真的由我出。你也別多想了，請好好享用這塊牛肉吧。」

「這叫菲力。」

而且套餐的菜單上還備註是羅西尼牛排。

「學長，為什麼這叫羅西尼牛排啊？」

「是為什麼來著啊？我記得是會一起用上松露跟鵝肝吧。」

「哦！學長好懂喔！」

說不出口。其實只是因為跟前女友吃過一樣的才會知道。

我記得當時吃的菲力牛排滿美味的，但感覺ＣＰ值沒有特別高吧。

一邊回想著這種事情，我切了一口菲力牛排送進嘴裡。

「超好吃……」

我不禁脫口說出感想，吃得心滿意足。

雖然這種肉原本應該配上紅酒之類的會比較合適，但很可惜我還不懂得品味紅酒，因此翻開菜單找起了其他調酒。

志乃原見狀，得意地笑了。

「呵呵呵～這樣我仔細研究菜單的辛勞也有回報了。那就決定嘍，明天麻煩你了。」

聽她這樣講，我差點就噴口水出來。

「等、等一下。我明天有約……」

「咦？學長你為什麼聖誕節會有約呢？」

「喂，妳也太快就用這種隨便的態度對待我了吧。」

「我真的打從心底沒有那麼想喔。所以，是怎樣的約呢？」

「要去聯誼啦。不過，我沒打算要待太久就是了。」

「……聯誼。」

志乃原露出無話可說的表情。

「真對不起喔，我就是個在聖誕節要去參加聯誼的男人。」

「不，我沒那樣想。那如果你提早結束，就在之後跟我約，要是感覺遲遲走不了，就再約改天吧。請再跟我聯絡。」

志乃原這麼說著，好像所有事情都敲定好一樣，她也開始吃起菲力牛排。

斜眼看著一邊用好像語尾有加上愛心似的聲音，不斷說著「好好吃喔」的志乃原，我不禁思考她跟彩華是不是同一種類型而嘆了一口氣。

看樣子，明天會成為一個不得了的聖誕節。

第2話　聖誕節的聯誼

聖誕節當天。

我坐在彩華事先預約好的，裝潢時髦但店內卻幾乎沒什麼情侶的餐廳。

「不過，真虧妳能找到這種店呢。我還以為在這個時期，這種時髦的店都會被情侶占據。」

雖然高級感跟店內氛圍還是比不上昨天那間餐廳，但菜單上價格相對合理的餐點還滿多的，這樣考量起來我還是比較適合這間店。

也不曉得彩華知不知道我這樣的想法，只見她舉起拇指，露出竊笑。

「比起上網搜尋，還不如親自踩點好呢。既然主辦是我，就會辦得妥妥的啦。」

「這方面妳還滿可靠的嘛。」

我坦率地稱讚她，但看來彩華對於這番話抱持著不滿。

「特別強調『這方面』，講得好像我平常都不可靠一樣耶。我就是很可靠喔。」

「哦～～那我可以問妳一件事嗎？」

隔著桌子，我確認了一下對面的位子。

「怎、怎樣啦，這麼鄭重。」

「嗯。為什麼都沒有其他人來呢？」

聽我這麼一問，彩華露出了動搖的神情。

「你、你啊，竟然問及了這場集會的禁忌。」

不愧生得一張被我朋友一致評為美人的臉蛋，不論是那樣的表情還是像在演戲般的口氣，看起來就像是個女演員。

然而會因為那樣的表情而小鹿亂撞的時期，我在高中就經歷過了。

「少囉嗦。不管是男生還是女生，除了我們之外都沒有人來是怎樣啊。」

之前通電話的時候她確實說了聯誼才對。

「……我講錯了。」

「啊？」

「我跟你講錯時間了啦！就只有你，我講成早一個小時了啦！」

彩華一瞬間就放棄那種像在演戲的口氣，開始像平常一樣說了起來。

「這確實是我的錯，但你也看一下手機嘛。我傳了好幾次訊息給你，但你看都沒看。」

「咦，真的假的？」

確認了一下之後，發現今天中午ＬＩＮＥ的確收到好幾個訊息。

『抱歉，我跟你說錯時間了。是晚上八點集合。』

『晚上八點集合喔！』

『欸，你如果沒回，我就也得配合那個時間提早出門耶。』

『至少已讀一下吧。』

『我知道了啦！我也提早去就是了嘛！』

「……真的耶。」

我在家的時候基本上都是一直播放影片之類，似乎因為這樣沒注意到ＬＩＮＥ的通知。

更慘的是還設成靜音。

「本來還想說你為什麼都不回我，反正我看你應該是自己一個人住不甘寂寞，所以一直播著音樂之類的對吧。」

彩華傻眼地這麼說。

「但要讓你在集合的地方一個人乾等我也過意不去，所以才特地提早過來了。」

「是喔。」

反正，一開始搞錯的人是彩華嘛。

會確實替自己的失誤善後這點，無論是好是壞，都很符合彩華的個性。

晚點向她道個謝也好。

「這麼說來，為什麼在預約時間的前一小時店家肯讓我們進來啊？」

「因為這個時段座位還滿空的嘛，我就請他們通融一下了。結帳的時候得跟他們道謝才行。」

在那之後過了大概四十分鐘，在成員到齊之前，我們熱絡地聊了許多無關緊要的事。

雖然不太想承認，但在我的朋友當中，彩華是最讓我推心置腹的人。這種話講出來八成會被她捉弄所以不會說出口，不過比起什麼聯誼，我覺得像這樣跟她兩人獨處還比較開心。

◇◆

「嘿！」「安安！」「摸寧！」

男生成員伴隨著大學生招呼三寶一同抵達了之後，參加聯誼的成員就都到齊了。

真不愧是彩華嚴選過的，他們的長相真的都很不錯。

要是能正常點打招呼，分數應該會很高。

嘿跟安安就算了，摸寧是怎樣啊？想講「Morning」也不是這樣說的吧，更何況現在都已經是晚上了。

「嗨，你們好！」

彩華笑咪咪地跟他們打招呼。

看她那副模樣，讓我不禁在內心偷笑。

從高中的時候開始，彩華的朋友就很多。對彩華抱持好感的人不分男女都很多。

原因就在於現在這種態度——表面工夫做得很好。

她現在藏起了熟稔之後會展現出的平時那種較難相處的態度，看來對於被找來這裡的男生們，她飾演著一個處世圓滑又開朗的女生。

「嗨嗨，小彩！謝謝妳今天找我來。」

「不，這次約得這麼倉促你還肯來，我才要感謝呢！看到你來我很開心喔，元坂。」

「別這樣說嘛，只要是小彩約的，不管要去哪裡我都奉陪喔。」

「就算你這樣捧我，也不會有什麼好處喔～～」

看著彩華那樣咯咯笑著，知道平常彩華個性的我也差點咯咯笑了出來。

聯誼一開始，男女之間就聊開了。

之前說因為沒時間所以約得很突然，但在場的男生都很健談，女生也都很可愛。

就算是無關緊要的內容也聊得很熱絡。

我也是儘管一開始還很抗拒，但不管怎麼說，這一小時左右也都聊得滿開心的。

男女分別是面對面坐的形式，而我和對面的女生也因為在漫畫方面有相同的喜好，因此很聊得來。

不過坐在彩華對面那個叫元坂的男生，與其說是在聊天，似乎更專注於追求彩華。

「哎呀～～我還真想交一個像小彩這樣的女朋友呢～～」

「元坂你很帥啊，很快就能交到啦！」

「是這樣嗎～～不過，如果是小彩就好了呢～～隨口說說的啦。」

「討厭啦，真是的！」

「啊哈哈！」

元坂用手拍響了桌子。

我看得出來。這話聽起來像在開玩笑，其實是認真的。

我也沒有太多戀愛經驗，但如果是靠近彩華的那些男人的表情，我可是看到膩了。

彩華也想交男朋友，話雖如此，她卻完全迴避掉來自輕浮男的所有追求攻勢。

並且可悲的是，會被彩華的外表吸引過來的男人幾乎都是那種類型。

高中的時候還不至於這麼偏頗，但進到大學之後，這個傾向就越來越顯著了。

對彩華來說，儘管不是喜歡的類型，卻還是會跟對方當朋友。我曾對於這點感到費解，並問過她：「為什麼那麼想跟大家都很要好呢？」

她的回答則是：「總之，這樣也不會吃虧嘛。」

就我看來只是徒增麻煩而已，但或許以彩華的能力來說，在發展成麻煩的局面之前，就有辦法先做好應對了吧。

我沒有問到那麼詳細過，也不清楚就是了。

……話說回來，這個叫元坂的男人。

聯誼一開始他就灌起酒來，講話的音量也越來越大。

畢竟這間店不是那種大眾居酒屋，這也使得我們這組客人漸漸有點醒目。

而且他甚至開始對女生拋出下流的話題，就連彩華都冒出了青筋。

「元坂，你講話有點大聲耶。而且，對著才剛認識的女生們講那種話題不太好吧……」

「咦～～哪裡不好？我可是幫在場所有男生問耶！這件事大家都很想問女生吧～～」

元坂依舊大聲地反駁。而且從他把所有男生都一起拖下水看來，難道他覺得自己是幫大家開啟黃色話題嗎？

另外兩個男生面面相覷，露出了苦笑。

看來元坂的醜態不過是他本人的問題而已。

「就算你講這些，女生也只會覺得困擾吧。」

我這麼一說，元坂立刻就擺出了一張臭臉。

「什麼嘛，大家都很不上道耶～～」

「不，並不是這個問題吧。你看現在氣氛都變成這樣了。」

「還不都是因為你打斷我說的話。」

「怎麼可能啊。」

「你怎麼敢這樣斷定？」

元坂完全不遮掩不悅的口氣，直盯著我看。

「再說了～我之前去參加的聯誼都是這種感覺啊，這很正常吧？」

聽了這句話，彩華也開口反駁：

「是也有那種聯誼沒錯啦，但是……」

這個地方就不是那種氣氛啊，好歹識相一點吧。我好像都能聽見彩華在內心這麼說著。

但不識相到令人絕望的元坂沒有聽出這樣的心聲，說著「哎呀，隨便啦。然後啊然後啊，剛才講到一半……」便又回到剛才的話題。

到目前為止，坐在彩華旁邊的女生們聽元坂聊的話題都只是以覺得困擾的微笑應對，到了現在，她們的表情都沉了下來。

從這狀況看來，彩華應該是找來了平時不太常相處的朋友吧。

儘管如此，約了元坂的人也是彩華。

彩華似乎也很明白這一點，她這次換上下定決心的表情抬起了臉。

然而就在彩華正要開口的瞬間，突然有一道對這場合來說有些太過開朗的聲音介入。

「咦～～是學長耶！」

精神飽滿地登場的是前幾天辭去聖誕老人職務的女大學生——志乃原。

「你好啊，羽瀨川學長！」

志乃原雙眼發亮地靠了過來。

憑著超群的外貌吸引了周遭目光的志乃原，就算在這場聚集許多可愛女生的聯誼當中，也算是格外突出。

唯一可以跟志乃原抗衡的彩華，現在也因為她突如其來的到訪而感到驚訝，露出說不出話來的表情。

坐在靠走道座位的我，儘管想著為什麼她會在這個時間點現身，還是先站了起來。

「呃，嗨，真巧啊。」

「學長～～隔一天不見了呢！」

志乃原發出撒嬌般的聲音，整個人感覺跟昨天不太一樣。

我沒聽志乃原用這種甜膩的嗓音對我說過話，也不覺得她是一個會在別人面前這樣撒嬌的傢伙。

再說，我明明沒有提過今天聯誼的地點，她究竟是怎麼找到的？

就在我還想著這些疑問的時候，意料之外的人物開口了。

「喂，妳在幹嘛啊，真由？」

這麼說的人是元坂。

就算被我和彩華指責言行也不為所動的元坂，看到志乃原卻鐵青了臉。

不但直呼她的名字，還表現出焦急的模樣。

我似乎察覺到他們之間是怎樣的關係了。

「咦，你也在這裡啊？」

志乃原一看到元坂，說話的語氣就跟和我打招呼時不一樣，顯得有些冷淡。

「對啊。是說，真由，妳為什麼會在這裡？」

「我在這裡的理由怎樣都好吧？不過是巧遇而已喔，遊動學長。」

投以銳利眼神的志乃原正因為平常都是一臉可愛的模樣，看起來更是嚇人。

志乃原瞥了一眼女生那邊的座位，便稍微嘆了一口氣。

「看來，你又玩得很快活呢。」

「真由，你可不要誤會了。我先說喔，這只是人家聚在一起辦聖誕派對而已。」

「喔，派對是吧。我看不太出來就是了。」

「怎麼會，之前那件事已經讓我學到教訓了啦。」

元坂把手放在志乃原的頭上，她卻拍掉了他的手。

「這是在聯誼吧。」

察覺兩人關係的我開口說了。

要是剛才元坂的言行都很正常，我可能還會保持沉默。

但現在我覺得就算開口戳破也沒差。

「你剛才自己也說了吧。這個場合是跟之前一樣，四處和女生聊黃色話題的聯誼對吧？幹嘛說謊啊？」

「你、你這傢伙……」

元坂一臉凶狠地瞪著我看。

我則是裝作不識相的樣子，若無其事地看了回去。

聽到我說的話，志乃原傻眼地搖了搖頭。

「果然，我就知道。我姑且還是遊動學長的女朋友，請你不要讓我這麼沒面子嘛。」

「不、不是啦！這傢伙只是在開無聊的玩笑！」

元坂對著我嘖了一聲，便轉向面對志乃原。

「再說了，真由才是跟那個男人是什麼關係啊？妳之前明明說過自己男性朋友很少！」

「把自己的問題置之不理，現在在講什麼啊……啊，這樣會打擾到別人，講話小聲一點。」

志乃原看向周遭，再用手指抵住嘴巴。原本完全沒在聽我們勸阻的元坂，這下子立刻閉嘴，安靜了下來。

「噗！」

看來昨天志乃原說的「那傢伙就算劈腿，最喜歡的還是我」這句話所言不假。

「至於我跟羽瀨川學長，不過是一起共度了平安夜的關係而已啊。」

我不禁噴出口水。

正想糾正她的語病而開口時，志乃原用眼神阻止了我。

就像在說「拜託你配合我」一樣。

……改天再叫她請客好了。

聽聞平安夜的事情，元坂鐵青的臉更是沒了血色。

「不不不……妳那是劈腿吧……妳以為女人可以劈腿嗎？」

「那男人就可以劈腿啊？」

「但是，女人不可以吧。」

元坂小聲嘀咕著反抗的話。然而不論由誰來看，都能明顯看出在場是誰占優勢。

這時，彩華啪啪地拍了手。

「好了，今天就到此解散吧。改天大家都有空的時候再聚嘍。」

坐在旁邊的女生們表情都亮了起來。

看來彩華認為，與其安撫元坂來收拾這個局面，乾脆直接解散比較好。

「唉……因為是小彩約的我才會來，但人選有些微妙啊。下次要跟不同人約的時候，再找我吧。」

元坂刻意諷刺地這麼說了之後，就先大步走向結帳櫃檯，付了自己那部分的錢。

竟然覺得彩華還會再約他，真是讓我嚇了一跳。

「我們走吧，真由。」

元坂對著志乃原這麼說就走出店外，沒想到志乃原也很乾脆地跟著他走。

要離開店門時，她對我說著「那改天見，學長」並揮了揮手。

我儘管有些困惑，還是稍微舉起了手回應。

當元坂想要摸她的頭，卻被她冷漠拍掉時的畫面令我印象深刻。

「各位，明明是聖誕節，真的對不起～～……」

一邊結帳的彩華難得露出了消沉的樣子。

其他男女們都紛紛幫彩華圓場。我斜眼看著那光景，先一步打開了店門。

很有聖誕節氣氛的鈴噹響起噹啷一聲，聽起來卻格外寂寞。

◇
◆

「啊～～討厭！真是糟透了！」

回家路上，我跟彩華並肩走在夜路之中。

一起聯誼的那群人在車站解散之後，大家就朝著各自的方向回去了。

「哎呀，就當作一次教訓嘛。這代表如果帶上沒有一起喝過酒的人去，偶爾就會出現那種傢伙啊。」

「即使如此，為什麼偏偏是聖誕節啊……要怎麼跟大家道歉才好……」

「大家都有在幫妳圓場吧。情況變成那樣之前，大家都玩得滿開心的啊。」

我也聊得很高興，所以覺得被元坂壞了氣氛真的很可惜。

雖然只是在閒聊而已，但也有個滿談得來的女生。

「要是真的覺得很開心，在元坂回去之後，就會有人提議要不要續攤了吧。這次真的搞砸了。」

「會嗎？我還是有聽到大家聊天的聲音啊。」

「我因為一直被元坂窮追猛打，都沒辦法拋話題給大家，自然就變成一對一聊天的環境了。在我左右兩邊的女生，都很努力不讓話題中斷呢……這樣講也只是藉口吧。」

彩華大嘆了一口氣並撩起頭髮。

「不過，你那邊倒是聊得很開心的樣子嘛。她還拜託我跟你要聯絡方式喔。」

「哦，真的假的。大概是因為我們對漫畫的喜好很合拍吧。」

彩華坦率地點了點頭。

「都已經知道你是個跟其他女生一起共度平安夜的男人了，還想要你的聯絡方式，應該真的只是想跟你交朋友吧。你就回個訊息給人家吧。」

說到這裡，彩華像是回想起什麼而停下了腳步。

「是說你啊，原來認識志乃原嗎？你說一起過平安夜的那個聖誕老人就是她？」

「喔，對啊對啊。聖誕老人就是志乃原。」

「哦，竟然還有這種巧合呢。她是我的學妹喔。」

這時，我有些困惑的疑問也終於解開。

「是喔，原來是妳跟志乃原說那間店的地點，她才會來啊。」

「嗯，她問我在哪裡聯誼……不過，我有跟志乃原說過我和你是朋友嗎？她看起來好像不怎麼驚訝的樣子。」

「天曉得。只是妳忘記了而已吧？」

透過彩華擅自介紹，使得他人單方面認識她的朋友是很常有的事。

像是接受這樣的回答，彩華也點了點頭。

我們就這樣走到平常道別的路上。

這條路還滿多行人往來的，所以沒必要特別送她回去吧。

「今天真的很抱歉。改天再補償你吧。」

「就說不用了。妳也不要那麼在意啦。」

「畢竟我硬把你拉來，卻弄得這副德性嘛，不補償你我會過意不去。不然就帶你去約個會好了？」

一邊用手指捲著黑髮的彩華提出了這個建議。

在路燈的白光映照下，她一頭漂亮的黑髮看起來格外動人。

我吞回這樣的感想，呼了口氣。

「那樣叫作補償喔，妳也太瞧得起自己了。」

「咦？一般來說，男生聽到這個建議都會很開心才對啊。」

彩華刻意揚起了嘴角。

……那副模樣在我看來，無論如何都像在勉強自己。

唯有平常時不時會跑來鬧我的彩華，其表情差異對我來說相當好懂。

「……哎呀，該怎麼說。如果我是那麼容易隨波逐流的男人，我們就不會這麼要好了吧。只是像這樣跟妳聊天，就已經很開心了啦。」

聽我這樣說，彩華眨了眨那雙大眼。

「……也是呢。」

在路燈底下，彩華抬頭望向夜空。

那表情並非平時那樣像是面具一般的笑容，而是只在我們獨處時才會露出的柔和微笑。

謝謝。這麼低語的彩華，看起來比平時還要更加漂亮。

◇◆

跟彩華道別回到家之後，迎接我的是跟平常一樣亂七八糟的套房。

時間才晚上十點，差不多是世上的情侶們振奮起精神的時候吧。

我久違地打開社群網站，只見時間軸上滿是高中跟大學朋友的貼文。

這個時期的貼文，很多都是對我來說會想吐嘈一下的內容。

像是「今天要用聖誕穿搭去約會！但我完全沒自信耶～～」這樣的貼文，我就會想說那

打從一開始就不要把照片貼出來。

還有說著「聖誕樹真的好大喔！」的貼文照片中，卻只能看到兩人的合照，就會讓人忍不住想說拍一下聖誕樹啊。

平常明明就不會覺得怎樣，偏偏只有今天會這樣想，都是因為聖誕節的關係嗎？

雖然不想承認，但內心某處果然還是有著一個羨慕情侶的自己存在。

再這樣繼續順著時間軸看下去的話，感覺心情會變得頹喪。

決定要關機之前，我沒有多想地又再隨手滑了一次。

於是，我的視線停留在某一篇貼文上頭。

『總覺得今天會是個美好的一天♪』

雖然是這樣隨處可見，又不痛不癢的內容。

但那個帳號的大頭照，我可是熟悉到連看都不想再看。

染了一頭淺棕色頭髮的那個人，就是我的前女友。名叫相坂禮奈。

一個月前才剛被禮奈劈腿，跟她分手。

儘管已經看開很多事情，像這樣又看到她的臉，我心中還是湧上千頭萬緒。

「……嘖！」

明明家裡沒有其他人在，我卻像要遮掩那份心傷一樣嘖了一聲。

光是出自禮奈的「美好的一天」這句話，就足以讓我聯想到許多事情。

從接近一週年紀念日的那個時候，其實就已經出現禮奈的心漸行漸遠的跡象了。

一開始是回覆ＬＩＮＥ的頻率慢慢減少。

想找她約會卻被拒絕的次數大概有一半左右，最後甚至還有過被她臨時取消。

即使如此，偶爾一起去約會時，還是玩得很開心，而且每次去約會，禮奈也都會在社群網站貼文，所以我曾以為還能挽回她的感情。

但在那之後，就是她劈腿了。

「……啊～～不要再想了！」

就算現在想這些也無濟於事。

分手之後，那段無比消沉的日子，我不是已經決定要看開一切，不要再這樣忸怩下去了嗎？

要是一直都這副德性，可就沒臉面對明明不太做這種事，卻還不斷鼓勵我的彩華了。

也當作是轉換心情，我徹底伸展了身體。

聽到背部發出喀喀喀的聲音感覺很是痛快。

心情變得煩悶的時候，像這樣動一動身體是最好的選擇。

……這麼說來——

不知道志乃原平安回到家了沒有？

昨天志乃原好像有說過要在報復男友劈腿之後，再把他甩了。

也就是說，那一天就是指隔天的這個聖誕節啊。

畢竟那個元坂感覺自尊心很高，在大家面前吵架之後，還在聖誕節當天被甩，想必會覺得相當難堪吧。

再加上情侶在分手之際，也是最容易引發紛爭的時候。

善始善終這句話，不太能運用在情侶身上。

在雙方同意的狀況下分手，經過一段時間之後變回朋友關係這種和平的發展，光是從當時志乃原跟元坂的互動看來就覺得不太可能。

回過神來，我已經點開志乃原在ＬＩＮＥ上的畫面，並按下了通話按鈕。聽慣的那道鈴聲，現在聽起來就像是無機物一般冰冷。

然而志乃原沒有接通，畫面就此暗了下來。

自從散會之後差不多過了快要一個小時，也該回到家了才是。

雖然心中有點不祥的預感，既然聯絡不到她也沒轍。我也不知道志乃原的家住在哪裡，何況這種不祥的預感幾乎都是停留在多餘的猜疑就會結束。

像這種一絲不安，在天亮之後就會完全不見蹤影了吧。

我伸了一個大大的懶腰，為了加熱洗澡用水而按下開關。

這時智慧型手機傳出來電鈴聲。

接聽之後，就聽見志乃原的聲音。

『喂，學長？』

「哦，志乃原。太好了。」

我不禁鬆了一口氣。

結果智慧型手機的另一端傳來了輕笑聲。

『學長，難不成你是因為擔心我，才特地打電話過來嗎？』

「嗯～～是啦……妳想，那傢伙感覺就滿難搞的吧。而且你們兩個又先走了，所以有點在意。」

『啊哈哈，沒有發生什麼事啦。』

她用開朗的語氣否定了。

『其實，我也正想打電話給你呢。發現學長打來的時候，我還不禁看了兩次。』

「哦，那還真巧。所以妳想找我說什麼？」

我這麼一問，志乃原感覺有些不好意思地答道：

『……我想向你道歉。因為，把你給牽扯進來了。』

「咦？」

『就是，像是今天的事情之類的。都是我害現場的氣氛變得那麼糟。明明跟學長姊們什麼關係都沒有，我也真是的。』

「喔，那是沒差啦。因為在妳來之前，氣氛已經糟透了。」

甚至可以說，多虧有志乃原跑來才因此得救。要是像那樣繼續聽他鬼扯下去，對我來說才更覺得討厭。

『即使如此，那時我姑且還是他的女朋友嘛。』

「結果你們分手了嗎？」

『哎呀，是啊。』

雖然有點在意她那樣語帶保留的回應，但我也沒再追問下去。等到志乃原想說的時候，再聽她講就好了吧。

『就因為想體驗看看情侶會做的事情，才接受了對方的告白這點，我也得反省一下呢。這次的事情追溯到源頭，也是因為我抱持著那樣的想法跟他交往而起。』

對著感覺有些消沉的志乃原，我說出了平常就這麼覺得的想法。

「都是這樣吧。打從一開始就是兩情相悅才交往的情侶，反而比較少啦。」

或許在國高中那時候，這樣的比例會比較高就是了。

如果要先兩情相悅才能稱作情侶，那在大學當中恐怕過半都稱不上是情侶吧。

我敢確信在這當中，因為憧憬情侶會一起做的事情，而決定和某個人交往的人也很多。

話雖如此，就算很多人內心這麼想，會坦白說出口的人並不多。

就這點來看，志乃原對我坦承她的心聲，說真的讓我覺得滿開心的。

『學長果然是學長呢。』

「妳什麼意思啊？」

『不是啦，我覺得你很會安撫人。就剛才的狀況來說，這個嘛……我還以為會被你說

「志乃原也有不對呢」這樣。』

感覺就像發現了意料之外的一面。

「妳也很明白自己有錯，即使如此心情還是很複雜，所以才會打電話給我吧。那我何必還要刻意點出這件事指責妳啊。」

『……咿呀～～』

志乃原發出傻呼呼的聲音。

『學長……這就是大人的從容嗎？太令人尊敬了。』

「幹嘛？妳突然說這種話很噁心耶。」

『啊，好過分。別看我這樣，我可不太會去尊敬別人喔。』

「不太會尊敬人的傢伙竟然尊敬我，那才是哪裡有問題吧。比起我這種人，妳還是去尊敬彩華之類的吧。妳們認識吧？」

隔了一拍，志乃原回應道：

『彩華學姊啊。嗯，也是呢。我會考慮看看。』

在那之後，我們閒聊了三十分鐘左右。我跟人講電話時，說完重要的事情還會繼續聊下去的對象，除了彩華以外也沒幾個人了。

我們聊得最熱絡的是對於社群網站常見的現象，志乃原跟我的想法滿接近的，聊著聊著也笑得很開。

『呼，那我差不多要去洗澡了。』

「也是，我差不多要睡了。」

『好的。那麼，前輩晚安。這次的事情，改天再補償你吧。』

「喔。」

『……今天真的很謝謝你。』

隨著這句道謝，通話結束了。

曾幾何時，立場顛倒了啊。

這件事不知為何就是讓我覺得可笑，不禁咯咯笑了起來。

而且，就算她跟男朋友的事總之告一段落……

「改天……是吧。」

我從窗戶探出了臉，沐浴在冬天乾燥的空氣之中。

經過了這次邂逅，便即將展開新的日常生活。

這樣的預感，使得眼前看慣的景色似乎跟著鮮明了起來。

第3話　大學生的寒假生活

我的大學生活，時間就是很多。

國高中的時候時間都耗在社團活動或是考試念書上，對於幾乎沒有自由時間的我來說，大學生活舒適到令人驚豔不已。

現在回首，大一的時候可說是至今人生中最充實的一段時間。

第一次加入同好會、第一次自己外宿，還交到可愛的女朋友。

學業也維持在尚可的成績，可說是一帆風順。

然而所謂的習慣相當可怕。

漸漸地，幸福的感覺變得淡薄，這樣的生活成了理所當然。

去同好會的次數越來越少，也被女朋友劈腿。

說來陳腐，但在失去之後，我才第一次察覺到——

填補上自己內心的那一塊拼圖，其實占據了多大的分量。

我只剩下一個人住的那種悠閒自在的生活，然而最近就連這一點都稱不上充實。

「搞砸了……」

摸著廚房的水槽，我不禁這麼脫口出聲。

因為覺得麻煩就懶得打掃的報應來了。

我用廚房紙巾將沾在橡膠手套上稠稠的黏液給擦掉。

每個人認定一個人住的好處各有不同。

不用受到父母監視的悠閒自在生活。可以毫不介意就找朋友或女朋友來家裡。

然而就連這樣的獨居生活，對於現在的我來說缺點還比較多。

我把橡膠手套扔進垃圾桶，暫時中斷了清潔水槽的工作。

今天得去大學繳交研討會的報告給教授。

雖然已經超過繳交期限三天了，但多虧平時有跟教授打好關係，這次可以不予追究。

相對的，這次報告的品質就比平常還要高，我很有自信，教授應該也會滿意才對。

打開了玄關的門幾公分之後，冷風從縫隙間竄了進來。

「好冷啊。」

這麼喃喃的同時，我踏出家門。

迎面而來的是教人難以想像冬至才剛過去的柔和日光。

◇
◆

我就讀的大學規模算是剛好。

因為設有各式各樣的場所可以適當分散人潮，除了午休時間以外，很少會有人群混雜的情況發生。

在校地過於寬廣的大學中，似乎就連想要遇到朋友都很困難，我念的大學可說是相對容易與人交流的環境吧。

而提供了如此環境的大學，現在也在放寒假。

交出報告之後就算在學校裡稍微散步一下，別說朋友了，甚至不見幾個跟我同為學生的人。

回到家就得繼續完成中斷的打掃工作，因此今天要踏上歸途尤其覺得舉步維艱。

看到自動販賣機之後，我慢吞吞地拿出了錢包。

至少想買瓶咖啡歐蕾順便休息，藉此逃避現實一下。

當我這麼想著，剛把零錢投入投幣口之際，罐裝咖啡敲出聲響掉了下來。

「……為什麼？」

我困惑地將掉下來的罐裝咖啡拿出來。

這時身後傳來一道耳熟的聲音。

「呵呵呵。謝謝惠顧，學長。」

回過頭一看，前聖誕老人——也就是志乃原真由就在眼前。

跟第一次見面的時候一樣，她還是可愛到令人眼睛為之一亮。說來，會把聖誕老人裝扮穿得那麼有模有樣的女性並不多吧。

志乃原從我手上拿走罐裝咖啡，就很開心地打算打開拉環。

真虧她能這麼開心地打算喝用別人的錢買的東西耶。或許正因為是用別人的錢買的吧。

「妳為什麼會在這裡啊？今天放寒假了耶。」

似乎是對我這樣的反應不滿，志乃原喉嚨發出咕嚕一聲之後，鼓起了臉頰。

「學長，一般來說放寒假還能跟我見到面，應該很值得開心才對吧。」

「好啦，喏。」

我很不成熟地對她比了比自動販賣機的投幣口。

志乃原像是明白我的意思，從包包裡面拿出了錢包。女大學生愛用的名牌錢包，拿在志乃原手上看起來更是上相。

「請不要那麼生氣嘛，我一開始就是這樣打算的啊。你原本是要買什麼？」

「咖啡歐蕾。」

「是～～」

志乃原老實地按下自動販賣機的按鈕，拿出了咖啡歐蕾。

「這是冷飲耶，真的要喝這個嗎？」

「真的啊，我喜歡喝冰的咖啡歐蕾。」

「身體會著涼喔。」

志乃原有點擔心地這麼說，但這點我也明白。

就算是冬天，我也總是買冰的飲料。

打開拉環喝下咖啡歐蕾，就能感覺到一股剛剛好的甜味在嘴裡擴散開來。對我來說，這個瞬間比吸菸還要撫慰我的心。

「學長，前幾天真是謝謝你了。」

「嗯？」

「這是什麼反應嘛。我是說遊動學長那件事。」

「什麼嘛，那件事啊。妳已經跟我道謝過了啊。」

「我知道啊，這也只是再說一次而已。」

志乃原花了很長的時間終於打開拉環之後，一口氣喝乾了咖啡。

「嗚噁，好苦。」

「那妳為什麼要喝啊……」

包裝上雖然標示著微糖，看來還是不合志乃原的口味。

志乃原說著「早知道就不要亂按按鈕了」，將空罐丟到垃圾桶。

寒假期間的垃圾桶幾乎是空的，瓶罐沒有發出聲響，就這麼被扔了進去。

「所以呢，學長，既然運氣這麼好相遇了，我現在就想補償你上次那件事。」

「啊？」

我停下正要喝咖啡歐蕾的手，皺起了眉頭。

「就說了不用啊。而且只補償我一個人也很奇怪吧。」

主辦那次聯誼的應該是彩華，既然要補償，對象是彩華也比較合理吧。

說穿了，我也不覺得彩華會因為那件事情而希望有人補償她。

然而志乃原搖了搖頭。

「與其說是補償，應該是報恩吧。因為那大學長也稍微救了我嘛。」

「我嗎？我什麼事都沒做喔。」

「是我擅自覺得你對我有恩，所以就請學長不要再反駁了。」

「真亂來啊……」

說到那天我做的事情，也只有透過電話傳達了我的想法而已。

要是因為這樣就要逐一對我報恩，那也很困擾。

「一般來說，光是跟我待在一起就足以一筆勾銷了，但學長感覺也不太像是那種人……我想想喔。」

我正想叫擅自推進話題的志乃原等一下的時候……

「那就由我這個聖誕老人來實現學長一個願望好了。任何事情都可以喔。」

「我才沒有什麼願望——」

話才說到一半，腦海中就浮現了水槽的髒汙。

最近格外覺得麻煩的事情。

「——家事。」

我這麼一說，志乃原就愣了一愣。

沒過多久，她便噴笑出聲。

◇◆

「欸，妳真的要來我家嗎？」

到了玄關前，我再向志乃原確認了一次。

儘管是憑著一股勁兒脫口的話，但這樣依然是把女生找來自己家裡。

原本想說當作是玩笑就算了，志乃原卻在笑了好一陣子之後答應了。

還留下「做完家事之後，就在學長家逛逛吧！」這樣嚇人的話。

被人看到會尷尬的那類東西全都在智慧型手機裡面，所以是沒什麼好擔心的，即使如此，一想到才剛認識幾天的人要擺弄自己家裡，還是覺得不太踏實。

「為什麼是拜託我這麼做的學長感覺有點嫌棄啊？我就說要去了啊。」

「不，我看還是收回這個願望吧。我們去旁邊的咖啡廳讓妳請喝一杯飲料之類的就行了啦。仔細想想我還滿擅長做家事的嘛。」

「事到如今就請別再多想了啦，我都已經來到這裡了耶。而且天氣這麼冷，請快點讓我進去吧。」

志乃原露出只會讓人覺得她正打著壞主意的表情催促我。

就連這樣的表情看起來都很可愛，真是太罪惡了。

結果我還是沒辦法徹底拒絕地開了家門。

真的很久沒有找人來自己家裡了。

「哎呀，學長家裡還滿整齊的嘛。」

一進到家中，志乃原感到無趣地這麼說。

「這樣就叫整齊，不然在妳的想像中我家是多髒亂啊。」

家裡散亂著昨天穿的大衣，早上吃的零食袋子也還放在地上。再加上報告那一類的東西丟得到處都是，就算是客套話，家裡這樣的狀態也稱不上是整齊吧。

「我還以為會是像垃圾屋那樣，所以這點程度算不上什麼。」

「妳是做好那樣的決心過來的喔……」

我對於自己讓她聯想到垃圾屋這件事本身備受打擊。雖然並非特別講究穿著，但我也有在留意保持清潔感，因此更是覺得受傷。

也不管我這樣的心思，志乃原「嗯——」地伸展了身體。

「反正我也沒事嘛。那麼，就趕緊來打掃嘍～～」

這麼說之後，志乃原就將穿在身上的大衣放在床上，站到廚房前面。

從她捲起袖子的地方可以看見白皙的肌膚。

「怎麼了嗎？」

「不，沒事。」

撇開視線之後，我也將夾克扔到床上。

有個才剛認識的女生，就站在我家廚房。

一個月前的我，壓根沒想過會有這種事。

「衣服之類的要是那樣亂丟會皺掉喔。」

「沒關係啦，我自己來。」

我阻止了正要撿起衣服的志乃原，並將大衣跟夾克掛在衣架上。

自己家在獨處時確實是個平和的場所，然而當有他人進到家中就另當別論了。

志乃原說我家比她想像中還要整齊，但平常家裡會更整齊。

我突然覺得家裡這樣亂七八糟的很令人害臊，便開始看到什麼就收拾了起來。

「學長，你為什麼一個人住呢？」

「要說為什麼，那當然是有很多原因啊。」

「這樣啊，很多原因啊。」

志乃原一邊戴上橡膠手套，沒勁地做出回應。

幸好清潔用品就放在廚房檯面上沒收，志乃原拿了就直接俐落地清潔起來。

「為什麼突然問我那種事情啊？」

水龍頭的流水聲滿大的，因此我稍微加大了講話的音量。

多虧如此，志乃原在跟平常一樣的時間點給了我回應。

「嗯～～因為住在老家比較輕鬆吧？回到家應該就有飯可以吃了。學長感覺就不太會下廚，我才想說這點滿重要的吧。」

住老家比較輕鬆。

這是我很久之前就一直在想的事情。

一個人住確實比較自由。然而，理所當然地就得自己照顧自己。

因為這件事出乎意料的費功夫，才更是體認到不只是自己，還要照料整個家庭的母親有多麼偉大。

「好，完成了！」

「咦！已經清完了嗎？」

我探頭看了看水槽，那裡乾淨得和剛才的模樣根本不能比。就連小地方的髒汙都清乾淨了，甚至還反射出光澤。

「好厲害啊，這麼短的時間就弄好了。我之前還覺得麻煩得要命，簡直就像假的一樣。」

「這種事我做習慣了啦。因為我也是一個人住嘛。」

志乃原滿足地點了點頭，便將橡膠手套丟進垃圾桶。

「接著就來做個午餐吧。學長，請你去休息一下吧。」

「咦，妳真的要做東西給我吃？怎麼回事，想要我買什麼東西給妳嗎？我沒錢喔。」

「我不就說是報恩了嗎？請你別再說那種奇怪的話了，隨便去看個電視也好。」

她推著我的背讓我坐上床邊。

志乃原好像真的沒打算讓我幫忙，再一次強調：「你真的儘管去休息就好了喔。」

是不是預見了要是我去幫忙，就會害得整個料理都泡湯的未來？我的料理能力不至於那麼毀滅性，但既然志乃原不希望我過去，那也沒辦法。

我把遙控器拿到手上，按下了開關。

電視播出來的畫面是正在討論藝人婚外情問題的節目，內容完全不適合對演藝圈沒什麼興趣的我。

「明明是年底這個時期，節目卻這麼無聊啊。」

我每次看到播報藝人花邊新聞的節目都會感到厭煩。但在對藝人感興趣的人看來，想必會覺得有趣吧。

這時手機傳來震動，我就像是被吸進去一樣看向螢幕。

畫面上出現的是彩華傳來訊息的通知。

『來玩吧～～！』

這傢伙是小學生喔。

差點就要吐嘈出聲了。

平常我都是過陣子才會回覆，但現在我有的是時間。點到聊天的畫面之後，我動起手指開始打字。

『好歹跟我說個時間跟地點，還有要幹嘛吧。要玩是可以啦。』

『二十九日傍晚，地點百貨公司，去買東西！』

『不就是明天嗎！』

從她在前一天才約我看來，是認定我都沒有任何安排吧。被她料中這點更是讓我覺得不甘。

後來我就這樣跟彩華聊了一下。雖然內容一樣沒營養，但比起看沒興趣的花邊新聞節目，將時間用在這裡還比較好。

話題正要切換到前幾天聯誼的事情時，志乃原向我搭了話。

「學長，讓你久等了。」

我轉頭看往聲音傳來的方向，只見志乃原正端著一個大盤子過來。

將手機收進口袋之後，我從床邊站起身來。

大盤子上放著好幾個三明治。

「喔喔！」

我的情緒不禁高昂了起來。畢竟只是順勢變成讓她準備午餐，我也沒有特別去意識，但仔細想想像這樣吃到女生親手做料理的狀況，對於單身的我來說相當難得。

看到我的反應，志乃原聳了聳肩。

「因為是拿現有的食材東拼西湊，只能做出這種東西就是了。學長，下次請你先多補充一點東西放進冰箱吧。」

「呃，不不不……這些看起來超好吃的耶。」

鮪魚、蛋、火腿還有生菜，三明治的標準配料一應俱全。一想到放在那個寒酸冰箱裡的東西，竟然可以做出這麼完整的料理，就讓我相當驚訝。

「那就好。不過是三明治就能讓你這麼開心，反而會讓人更想做看看費工的料理呢。」

雖然很想立刻伸手拿起放在桌上的三明治，但得先禮貌地打過招呼才行。

「我要開動了。謝謝妳做給我吃。」

「請用請用，總覺得做得很有價值喔。」

志乃原有些害羞地笑了。

第一次看到她這樣的表情，讓我不禁停下止要拿三明治的手。

「嗯？怎麼了嗎？」

「啊……沒事。只是想說妳也會露出這種表情啊。」

原本想打馬虎眼的，最後還是坦白地說出了真心話。

本以為會被回上一句「這樣講很噁心耶」，然而志乃原的反應跟我想像中不一樣。

「咦？我剛才是露出怎樣的表情？」

「該怎麼說呢，感覺有點害羞吧。呃，要我這樣解釋也很害羞就是了。」

「……這樣啊。」

於是志乃原就像陷入了沉思，用食指抵住下巴。

「……奇怪的傢伙。」

這麼喃喃說完之後，我吃起了三明治。

薄薄抹上的美乃滋，口味跟火腿以及生菜相當契合。

我最近主要都是吃便利商店的便當，因此光是某個人親手做給我吃的這個事實，就讓我覺得格外美味了。

志乃原也不再沉思，決定開始吃起三明治，便用輕鬆的口吻說著「我開動了～～」。

在自己家裡跟別人一起吃東西應該會有些不協調感，然而很不可思議的是，脫掉大衣的志乃原感覺很融入這個家。

「這麼說來，學長有加入哪個同好會嗎？」

「嗯？我姑且算是籃球同好會的成員啦。」

會加上姑且兩字，是因為一星期有兩次的同好會活動，我一個月有沒有去一次都還不曉得。

「為什麼這麼問？」

「嗯～～因為我進大學之後，有段時間加入了社團。所以對於像學長這樣普通的大學生滿有興趣的呢。」

「妳的話，身邊應該有很多這樣的人吧。」

憑著志乃原這樣出色的外貌，就算什麼都不做，應該也會有人主動靠近才是。

然而志乃原卻說著「完全沒有！」並猛搖頭。

「在我身邊的人，大多都是所謂的玩咖呢。如你所見，我長得滿可愛的，所以那種類型的人會先靠過來呢。」

說到志乃原身邊的人，我只知道元坂，但確實那種類型的會很想搭訕志乃原吧。

至於她若無其事又自然地說自己可愛這點，事到如今再拿出來講也沒意思，我就不去吐嘈了。

「我還沒有麻痺到認為那種類型算是普通，而且最近也開始對於跟那些人往來感到厭煩了。」

「也就是說，會跟元坂交往，也是因為那樣的理由嗎？」

「嗯，是呀。就像之前說過的，我對於大學生談戀愛時會做的活動抱持興趣嘛。而且，請你不要再翻出這筆舊帳了好嗎？別看我這樣，還是有在反省的。」

志乃原不高興地鼓起臉，大口咬下三明治。

吃相還真是豪邁。但是塞進嘴裡的三明治似乎超出負荷，志乃原慌張地灌了幾口水。

「喂，妳沒事吧？」

我順了順她的背之後，志乃原也慢慢平靜下來的樣子。

志乃原接著沉默了一小段時間，才終於開口：

「學長，你有女朋友嗎？」

「怎樣啦，妳又沒頭沒腦地問這種問題。沒有女朋友啦，有就不會讓女生進家裡了。」

「哦哦，很誠實嘛。以現在這個世代來說，絕對很少見了！」

看著她像在捉弄我的笑容，我倒想著妳自己不也討厭劈腿的男人，所以才會和元坂吵起來啊。

「你在想什麼呢～～？」

「在想妳討厭的事。」

「呃，這種話會對本人說嗎？」

志乃原皺起了臉，想要再拿一個三明治而伸出了手。

這時，她似乎發現了什麼事情，突然像是彈了一下站起身。

「死定了！我要去打工！」

「啥！妳竟然在打工之前還過來喔！」

要是繼聖誕老人之後，連現在這份打工都因為我的關係而辭職的話，我又得補償她一筆了。雖然不過是因為遲到，就把人開除的打工應該不多，即使如此能準時還是最好。

志乃原似乎也很有守時觀念，一注意到時間就開始快速地準備收拾了。她最後穿上大衣就匆忙走向玄關，胡亂地硬是將腳塞進靴子裡。看樣子時間很緊迫。

「真抱歉，在妳打工前還要妳過來。」

「這種時候只要說謝謝就好了啦，學長。如果能順便說聲多謝招待，我會很開心！」

志乃原這麼說著，便重新轉身面對我。

「來，請說吧！」

她明明就在趕時間，卻無論如何都想聽到那句話的樣子。志乃原當場咚咚地一邊踏著腳，一邊等著我開口。

敞開一半的門讓冷空氣流竄進來，卻完全不見志乃原喊冷的模樣。

這傢伙還真有精神。

「多謝招待。謝謝妳。」

「呵呵呵，不客氣。」

志乃原滿足地點了點頭，轉過身去。

「那麼，我改天再來！」

打開門之後，志乃原就快步離開了。

踩著樓梯的聲音漸漸遠去，直到不再傳出聲響。

我依然站在玄關前，反芻著剛才那句話。

改天再來……是吧。

其實我不太喜歡找人來自己家裡。

即使如此，聽到她說「改天再來」，我卻一點也不覺得反感，就肯定是那麼一回事了吧。

「如果這真的是仙人跳，我可就淪為天大的笑柄了呢。」

就算是仙人跳，可以吃到這麼可愛的女生親手做的料理，也是一種幸福吧！

這句感覺很像是志乃原會說的話，連同她那小惡魔般的笑容一起浮現在我的腦海中。

◇◆

學長的家，比我想像中還要整齊。

亂。

畢竟一說到可以幫忙實現的事情，脫口竟然就是家事這個詞彙，我還以為他家裡會更凌亂。

但實際上一看到，也不過是有些衣服跟報告四散在地上而已。學長慌張收拾起亂丟的衣服以及報告那類東西並放在床上，光是如此，學長家裡就已經整齊到幾乎沒有我來這裡整理的意義了。

而且似乎也有在用吸塵器打掃，沒有遮蔽物的地板上看不見顯著的髒汙。

平常看起來很可靠的學長，如果在家是個什麼事都辦不到的人就很有趣了呢。但看樣子並不是這麼一回事。

說真的，這也讓我覺得有點掃興，就決定順手幫他做午餐。

看到他的冰箱裡只放了少數的食材，害我不禁訝異地張開嘴。難不成學長認為這點食材就有辦法做料理嗎？

實在沒轍，我就決定做三明治了。應該說，那些食材能夠做出的料理，我也只想得到三明治而已。

雖然是在這種想法當中完成的三明治，學長實在是吃得津津有味。一看到平常（我跟他共處的時間，也沒有久到可以用平常來形容就是了）表情大多很冷靜的學長，竟然吃得眉飛色舞的模樣，我也跟著開心了起來，才會不禁脫口而出。

「那麼，我改天再來！」

下次就不是簡單的三明治了，我想試著做些費工的料理款待他。

把我的料理定位在那種簡單的三明治上，會讓我心有不甘。

一邊朝著打工的地方前進，我的嘴角也不禁上揚。

跟學長相遇的方式，大概是最糟的吧。

在扮成聖誕老人打工的時候，傳單被撒了滿地——這真的可以說是在許多邂逅方式之中最糟糕的一種。

即使如此，我還滿喜歡跟學長聊天的時間。

看來相遇的方式對於人際關係來說，似乎沒有太大的影響。

看著一閃一閃的號誌燈，我快步走了出去。

第4話　一年的收尾

隔天，我跟彩華在百貨公司裡面闊步逛著。

百貨公司的內部裝潢都已經從聖誕節的主題換成新年樣式了。垂著紅白的巨幅布條，讓人感受到今年也到了尾聲。

再加上百貨公司也在進行年末年初的特賣，看起來比平時還要更加熱鬧。

「真不該今天來的呢。」

「是妳約的吧……」

有氣無力地這麼回應她之後，彩華也嘆了口氣。

「因為可以找來幫忙提東西的人，也就只有你了嘛。」

「其他還有很多人可以找吧。竟然只為了要幫妳提東西就把人叫出來。」

「我才不要～～找別人還要顧慮他們耶。」

一邊這樣說著，彩華走向化妝品專櫃。

我也知道交友關係廣泛的彩華，身邊其實沒有幾個可以毫無顧忌相處的人。

彩華在系上也是名符其實的風雲人物，不知道一般男生要是被她叫來提東西會怎麼想？至少我現在很想回家。

「今天呀，我是要來發掘新的專櫃彩妝。要是得花上很多時間，就會很對不起陪我來的人啊。」

「為什麼妳那種罪惡感就不適用在我身上啊……」

「那當然是因為我跟你是互相信賴的關係啊。嗯，這樣說可以嗎？」

「當然不可以啊，笨蛋！」

我用裝著彩華剛才買的冬裝的紙袋，直接擊向她的屁股。還因此發出了咚的一聲。

「好痛！笨蛋，你打哪裡啊！」

「吵死了，妳察覺一下自己剛才說了被打也理所當然的話！」

彩華說著「那當然是在開玩笑啊」，揉了揉被打的地方。

「再說，這年頭專櫃彩妝之類的，在網路上買比較方便吧。也有評價可以參考啊。」

只要在網路上買，我也用不著這樣提著大包小包的購物袋了。

而且就現代人來說，要花錢買東西的時候，總是會在意大家對於商品的評價。雖然我不常參考那種評價，但也有自己才是小眾的自覺。

然而，意外的是彩華搖了搖頭。

「化妝品也有那種專門彙整評價的網站，有段時間我也都是參考那邊的資訊。但好像有那種如果給商品高分好評，就會提供贈品的企畫。」

彩華用手梳過頭髮，繼續說下去。

我差點就被那柔順梳下來的頭髮吸引過去，但勉強還是維持住聽她說話的注意力。

「我買了平均評價超高的護髮霜，結果頭髮變得又硬又乾。我想說這也太奇怪了，去看了給差評的評語，結果大家一致都說不要因為星星數比較多就被騙。」

這就是參考評價的壞處吧。是很方便沒錯，但盲從也很危險。

「那還真慘。」

「嗯。不過，也不只有化妝品會這樣啦。我在不想後悔的時候，就會凡事都想親眼看過之後再做出判斷。」

若無其事地這麼說了之後，彩華就蹲下來端詳起眼線筆。

就像剛才那番發言，秉持著自己的原則應該就是彩華的魅力之一吧。

然而在她身邊的那些人，有多少人知道她這樣的一面呢？

「真浪費耶。」

「咦，你這樣想嗎？我覺得這價格還算合理耶，如何？果然有點貴嗎？怎麼辦？」

……看樣子有著自己的原則，跟買東西是兩回事。

我隨便回應了一句「還不錯吧」，重新揹好了紙袋。

肩膀因此感受到一股沉甸甸的重量。

「我來拿吧？」

彩華突然伸手過來。

雖然猶豫了一瞬間，我還是搖了搖頭。

儘管覺得幫她提東西很討厭，但讓彩華提著這些東西走在身邊，我也會感到丟臉。

顧及面子，還是就這樣拿著東西才可說是較聰明的決定吧。

「也是呢。」

一臉就是料到我會做出這樣的回應，彩華揚起了嘴角。

「妳還好意思這樣講。我可要跟妳討個回禮喔。」

聽我不滿地這麼說，彩華坦率地點了點頭。

「我會請你吃飯喔。」

「咦？真的假的。」

「當然啊。因為我收下你的時間跟體力了嘛。」

既然如此，那就是另一回事了。原本提不起勁的想法為之一變，突然覺得逛街購物都開心了起來。

彩華似乎也感受到我心情上的轉變，她咯咯嗤笑了我一番。

這也沒辦法吧，對於獨自外宿的學生來說，「請你吃飯」就是足以讓人這麼提得起勁的一句話。

對象是年紀比自己小的人就先不論，如果是同年的人這樣提議，就沒有理由拒絕。

「我現在要去比較裡面的櫃位逛逛，你就在這邊挑個想去吃的店吧。」

彩華伸展了一下身體，還左右揮了揮纖細手臂。

她踏響高跟鞋，就這麼朝著樓層的深處走遠了。

我目送走她之後，心情雀躍地用手指滑了滑智慧型手機。

一搜尋就找到了。

位在車站前，之前就覺得在意的店。

我用美濃彩華的名字完成了預約。

◇◆

「明明就說過想吃什麼我都請你，為什麼選了平價食堂啊……」

彩華用難以置信的語氣這麼說。

我們兩人來吃飯的地方，是有很多上班族跟學生來的，嘈雜又熱鬧的普通食堂。雖然這是投我所好的店，彩華似乎對此不滿。

「我本來是打算去那種……就是再更時髦一點的餐廳耶。」

「沒差吧，妳看這個關東煮，感覺很好吃對吧。」

我一邊這樣說就按下點餐服務鈴。響起一道輕快的「叮咚——」聲，那也被店內的喧囂蓋了過去。

「真是的，感覺你平時就沒吃什麼正常的東西，我還想說要讓你吃點美食，懷柔一下耶。」

「妳那理由也太可怕了！」

「沒吃什麼正常的東西這點是事實吧。」

彩華這麼說著，就像是放棄了一般從我手中接過菜單，開始翻閱了起來。

原本還頂著一張臭臉的彩華，眼神接著為之一亮。

當店員左右避開為了找廁所而徬徨的客人來到我們這一桌時，彩華就開始快速地一一點餐。

真想讓三十秒前的彩華看看她現在這副模樣。

隔了一陣子店員捧著放滿關東煮的鍋子過來，彩華發出尖聲驚呼。

「天啊，分量超多耶！」

「就是這個啦，我之前一直都很在意！這麼多只要兩千圓也太划算了吧。」

分著吃也非常足夠的關東煮一放到桌上，彩華就拿起小盤子開始分食。

「來，這是你的。」

「謝啦！」

我立刻從最喜歡的白蘿蔔開始吃，一咬下去，關東煮的高湯就在口中擴散開來。

彩華也笑了滿懷，滿足地吃著熱騰騰的年糕油豆腐包。

究竟是從什麼時候開始，會像這樣自在地跟彩華兩個人吃飯呢？

至少還在念高中的時候，我們兩個就算一起吃午餐，也得做出相當的覺悟才行。投身於跟她兩人獨處的空間的覺悟、被身邊的人拿來說嘴的覺悟，還有被別人嫉妒的覺悟。不過是吃個飯就要做出這麼多覺悟，因此頻率也遠比現在少了許多。

之所以不再需要抱持這些覺悟，或許也是因為……我們的關係從高中那時變成了現在吧。

然而更重要的是，身邊的人都變了。進到大學之後，大家都對身邊的人寬容許多，說難聽點就是不在乎。

我們離大人越來越近了。

就算從平凡無奇的這頓飯看來，也會不禁感受到這點。

我們已經是大二的學生了。

一想到求職的事情，像現在這樣平穩的學生生活也剩不到一年而已。

這對我來說相當可怕。

我就快要失去這個名為學生的自由稱號了。這點無論如何都讓我感到很不安。

「你幹嘛擺出那種怪表情啊？」

聽見彩華的聲音，我回過神來。

不知不覺間，我的小盤子上多了一塊竹輪。

彩華放下公筷，歪頭問我：

「關東煮不好吃嗎？」

明明是我推薦的店，彩華卻這麼問。可見我的表情就是跟平常相差那麼多吧。

「不是啦，該怎麼說呢。突然覺得我們也要變成大人了呢。」

我這麼一說，彩華回應著「啊？」並笑了出來。

「也是啦，我們都已經超過二十歲了嘛。」

「就是說啊。」

過了二十歲就是成人了——這是理所當然的事情。

然而即使對那理所當然有所認知，我也完全不覺得現在的自己是大人。

「成人跟大人還是不一樣吧。」

彩華聽了我說的話，表情變得有些嚴肅。

「是啊，或許不一樣吧。也有很多人就算年紀不斷增長，卻還是很幼稚嘛。」

「以前啊，會覺得在過了二十歲的那個瞬間，無論身心都會變成大人呢。但其實也沒什麼改變吧。」

二十歲的生日時，比起以往都更滿溢著對於年紀增長的期待。儘管那時再怎樣也沒有過了二十歲的瞬間就是大人的想法，即使如此，面對生日的心情還是跟往年生日不同。

過二十歲生日之後的那幾天，過得相當充實。

在居酒屋喝的酒感覺也比平常還要更加美味，而且跟朋友閒聊時，關於經濟跟政治的話題也變多了。

但是，也僅只如此。

之後就一直都是一如往常的大學生活。

已經不是小朋友了，卻也不是大人。

過了二十歲的大學生，還比較接近搖擺不定又不上不下的狀態。

「真想回到國高中那個時候啊。什麼都不用煩惱，也想再參加一次社團之類的，享受青春。」

「……是啊，如果可以回到那個過去，我也想回去呢。」

彩華也露出了帶點惆悵的表情。

跟自己內心的想法相反，時間的齒輪並不會停下。

是不是總有一天，我也有辦法抬頭挺胸地說自己是大人了呢？

「……是說，你發生什麼事了嗎？」

突然說出這種喪氣話似乎讓她擔心了，只見她窺探著我的臉色。

並沒有發生什麼事的這點，讓我產生了罪惡感。

「不，抱歉，沒事沒事。真的沒事，真的啦。」

「這樣嗎？總覺得突然變得很感傷耶。」

或許是年底這種獨特的氣氛，讓我產生了這樣的想法吧。

但其實還有一個頭緒。

就是志乃原。

明明跟那傢伙只差一歲，卻讓我覺得年紀好像相差甚遠。並不是因為那傢伙就她的年紀來說相對幼稚，又或是因為我比較老成。

只是作為一個人的活力，感覺好像有著什麼決定性的不同之處。看著志乃原，就會覺得自己是不是在成長過程中變得世故了。

或許是這樣茫然的情感不知不覺間在心中慢慢累積，突然就讓我產生憂鬱的心情。

但我不會將這件事說出口。

就算說了也不能怎樣，而且只會帶給彩華困擾而已。

難得彩華要請客，不好好享受一番可就虧大了。

一個轉念，我動起了筷子。

「好，我要大吃特吃嘍！」

「已經沒了喔。」

彩華傻眼地嘆了口氣，就把自己的小盤子遞到我眼前。上頭放著最後一塊白蘿蔔。

「分一半給你。」

「這麼好喔，謝啦。」

分了白蘿蔔送進嘴裡之後，雖然有些涼掉了，還是一樣好吃。

彩華撐著臉看了一陣子我吃東西的樣子之後，這才說：

「就算變成大人，也請你多指教嘍。」

我們還是一樣要當朋友喔——這句話是不是可以這樣解讀呢？

我毫不猶豫地點了點頭，彩華跟著露出微笑。

彩華那樣的表情我相當喜歡。

雖然不會說出口，但心裡仍這麼想。

◇

◆

陪彩華去買東西的隔天早上，我覺得門鈴好像響了。

拉開窗簾之後，只見太陽還在東方綻放著燦爛的光芒。

在沒有計畫的長假中，我基本上都過著自甘墮落的生活，因此要我在早上起床，比任何事情都還痛苦。

雖然感覺好像是被門鈴吵醒的，但要特地下床確認也很麻煩。

我索性當作沒有聽見，再次鑽回被窩之中。

叮咚叮咚叮——咚。

「吵死人啦！」

我猛地掀開棉被跳下床。

如果來者是什麼產品推銷員，雖然我沒有當面抱怨的勇氣，姑且還是透過門鈴的對講機影像確認一下對方的長相。

然而看了畫面一眼，映照出的卻是漸漸看慣的身影。

是志乃原。

我按下通話鍵，只說了一句。

「回去。」

然後也不等志乃原回覆就結束通話。

她是說過還會再來，但也太快就說到做到了吧。我還以為會是再更久以後的事。

看了一下時間，現在是早上十點多。

就一般常識來說，這個時段來訪確實不會沒禮貌，但對我來說就很沒禮貌了。

還在充電的智慧型手機這時震動了起來，我看了一下，是志乃原打來的。

「真拿她沒辦法……」

我踩著沉重的步伐走到玄關，解開了門鎖。

門一打開，就看到揹著後背包的志乃原站在那裡。

「學長，你沒有什麼話要對我說嗎？」

「……妳來幹嘛？」

「不是這樣吧，你要說『對不起讓妳久等了』才對！」

「喔……」

感覺好像可以接受，又好像難以接受。

我用這種曖昧的回應跟她打了馬虎眼，志乃原嘆了一口氣。

「唉，算了。來，學長，這個給你。」

這麼說的志乃原朝我遞出了一個紙袋。

我有些困惑地接下之後，只見裡面裝的是很有名的高級點心。

「妳可以進來。」

「衝啊——！」

看著天真地進到家裡來的志乃原，我也沒有阻止她的打算了。確定她進到房間後，我就進去脫衣處，打算把睡衣換掉而脫了衣服。

正當只穿著內褲的我，要從烘乾機下面拿出烘乾的衣服時——

「學長～～你在哪……」

門一打開，志乃原走了進來。

跟她對上視線之後，彼此之間流瀉著一瞬間的沉默。

「——對、對不……」

突然看到這個家的主人只穿著內褲的模樣，任誰都會感到驚訝吧。

我放心地想著還好沒有連內褲都脫掉。

「喔，沒差啦。」

我簡短地這麼回應之後就穿起衣服，志乃原則像是嚇到一樣喊了出聲。

「咦！就這樣？你就不會再……就是更焦急一點嗎！覺得被學妹看到只穿內褲的樣子了，或是什麼的！」

「嗯──」

也不是不懂她的心情啦，不過這又不會讓我少一塊肉。要是在立場對調的情況下遇到這種狀況，反應是會不一樣，但我覺得自己被看到是沒差。

而且才剛起床，腦袋還沒開始運轉也占了很大的原因。

「肚子餓了～～」

「呃，喔……這樣啊。如果簡單的東西也可以，那我就來做吧。」

我向說出如此令人感激的提議的志乃原道謝之後應道：

「真的嗎，幫了大忙啊！我昨天才剛補充了一些食材放進冰箱，今天還滿完備的喔！」

「我知道了，雖然知道了，但是學長……」

志乃原緩緩、緩緩地將視線從旁移開。

「請你穿上褲子好嗎！」

……剛起床果然在各方面來說都很危險啊。

看著面紅耳赤的志乃原，我不禁產生了「沒想到她還滿清純的」這種文不對題的感想。

◇◆

「一般來說，都會先從下面開始穿吧？我覺得應該是從下面開始喔。」

在圓桌吃著有點晚的早餐，志乃原聊起了剛才那件事。

「我不太記得了耶，剛才腦袋還在放空嘛。」

「不是吧，才過不到一小時，這已經不是健忘的程度嘍，學長。」

志乃原用像是「你是認真的嗎」那種語氣對我說道。

她把大衣掛在衣架上，現在是穿毛衣的打扮。

「搞不好我就是這種體質啊。」

我隨便搪塞了一句，就繼續喝起所剩無幾的法式清湯。

絕妙的微辣調味沁入全身，是會讓人覺得暖呼呼的味道。

「真好喝～～」

我打從心底覺得好喝。

會覺得比在餐廳嚐到的法式清湯還要好喝，或許是因為知道這是女生親手做的料理，不過單純是志乃原真的很會料理，肯定也是原因之一。

「學長，你平常都吃些什麼呢？」

「便利商店便當或牛丼。」

「唔呃，我就知道。這樣對身體不好喔。」

「我知道啊，但這也沒辦法。」

確實有很多可以自己下廚的時間。

雖然有時間，但有沒有幹勁又是另一回事了。

昨天感受到的自己與志乃原之間活力的差距，或許就是從這種想法當中產生的吧。

「……我試著開伙看看吧～」

搞不好只有趁著還是學生的現在，可以不用多加顧慮就開始嘗試新的事情。

志乃原一邊疊起空的碗盤說道：

「喔，不錯嘛。我可以教你喔。」

「喔喔，那我想趁著今天試試看耶。好事不宜遲。」

我一口氣把剩下的法式清湯喝個精光。

「多謝招待！真的很好吃。」

「不客氣，今天也讓我覺得煮得很值得呢。學長真的都吃得很津津有味嘛。」

「因為真的很好吃啊。」

這麼說著，我就站起身走向廚房。

才剛清潔過的水槽還維持著亮晶晶的狀態，今天難得不會覺得洗碗很麻煩。

「我來洗吧。」

「為什麼啊，明明只有我在吃耶。妳就去放著坐墊的那邊休息一下吧，也有很多漫畫可以看。」

「洗個碗的時間，也只能看幾頁而已耶。」

儘管嘴上這樣說，志乃原還是朝著書架走去。

好像有幾部是她在意的作品，時不時就能聽到她說：「啊，我想看這個～～」

「對了，這麼說來，妳到底是來幹嘛的啊？實在太融入我家，害我差點都忘了一直想問妳的事。」

清洗完一人份的碗盤之後，我對志乃原這麼問道，她便闔上了才剛翻開的漫畫，笑著說：「現在才問真的很遲呢。」

結果我的提問削減了她看漫畫的時間，讓我不禁在心中苦笑。

「我想說在回老家之前，順便來露個臉。畢竟今天是今年最後一次跟學長見面了。」

「哦，這樣啊。」

一個人外宿的學生，大多都是在這個時期回老家。雖然我不知道志乃原的老家在哪裡，但也就是說她會離開這裡一段時間吧。

「學長不回去嗎？明天就是除夕了耶。」

「我新年再回去也沒差啦。反正老家離這裡很近，也滿常跟家人見面的。」

「哦，原來是這樣啊。總覺得出乎意料呢。」

「哪裡出乎意料啦？」

志乃原沒有回答這個問題，接著就從櫃子裡把大鍋子跟碗盆拿出來，並開始物色起冰箱的內容物。

因為我對她的回答也不抱興趣，就沒多加在意，看著眼前的光景。

「咦？有荷蘭醬耶。學長，你明明就沒在下廚，為什麼會有這個啊？」

就算她問我荷蘭醬，我也聯想不到那是怎樣的醬料。

直到看她拿出來的那個容器，我才回想起那天一時衝動買下來的事情。

「啊～～這個喔，是我滿久之前想做些講究的料理時買的。根本還沒開封就是了。」

「這可是業務用的耶，你是在哪裡買的啊？」

「網路上。」

「我就知道。就這樣冰著也太浪費了，今天就來用這個吧。學長，可以請你打四顆蛋嗎？」

「ＯＫ～～」

我從冰箱拿出四顆蛋。

雖然想要挑戰單手打蛋，卻一下子就被擊敗了。

「為什麼想要用單手打蛋啊？請你用一般的方法好嗎？」

「不過是失敗了一次而已吧。我勢如破竹的攻勢現在才要開始啦。」

「好喔，借一下～～」

志乃原搶走我手上的蛋，用著雙手一顆顆很有效率地打進碗盆裡。

接著再把奶油拿去微波，並將剛才的荷蘭醬倒入大鍋子裡，幾分鐘後，廚房就呈現出一片超乎我理解能力的光景。

我照著志乃原的指示去做，就像變成她的助手一樣。

「總覺得妳好像主廚喔。」

動作俐落地準備著料理的志乃原，看起來比平常還要成熟。對於擅長去做自己不會的事情的人，果然還是很有魅力。

「我只是喜歡下廚而已啦。啊，請拿放在那邊的培根——」

一直指示我做這個、做那個的志乃原，突然停下了動作。

「怎麼了？」

「呃，學長，你不知道我正在做什麼料理，對吧？」

「要做煎蛋捲吧？」

「只是要煎個蛋捲就得花上這麼多時間的人，怎麼可能有辦法教人料理啊……再說，就煎蛋捲來講這樣也太費工了。」

這麼說著，志乃原「嗯～～」地沉吟了一下。

「我自己樂在其中，卻忘記要教學長下廚這件事了。學長，我下次再教你做菜，你就去旁邊休息一下吧。」

「咦？為什麼？」

「因為我想好好擺盤之後，再拿成品給你看。」

志乃原這麼說著，開始哼起歌來。

看來她真的很喜歡下廚呢。

我也決定就好好期待完成的料理，於是倒回床上。

比起讓志乃原自己料理的罪惡感，我現在期待的心情還比較強烈。而且要是我去幫忙感覺會壞了味道，也可惜了難得做的料理。

我隨手翻閱起漫畫，過了一段時間，一臉有些得意的志乃原端著一個大盤子過來。

「鏘鏘～～」

馬芬上頭淋著濃稠的蛋黃，中間還夾了火腿。看著眼前感覺在社群網站會很上相的食物，我不禁開口：

「太強了吧。我家竟然也可以做出這種感覺就很好吃的東西。」

「這是班尼迪克蛋。看起來時髦，吃起來美味，是我最喜歡做的料理之一。」

賣相確實滿時髦的，而且連名稱也是，到底是怎樣？

「要吃一個嗎？雖然才剛吃過早餐而已。」

多虧早餐只吃不到八分飽，現在還有食慾。我用手拿起一個咬了下去，濃稠的蛋黃就裹覆了我的舌頭。

「好好吃！這是怎樣，超好吃！」

「嗯～～真的很好吃呢！我做得真好吃！」

這個什麼班尼迪克蛋的，真的好吃到連志乃原都自贊起來。

一聽到荷蘭醬這個名稱不太熟悉的調味料，她就能瞬間想出食譜，看來志乃原平時就很常下廚料理了吧。

「那麼，我還要趕新幹線的時間，差不多要走嘍。」

「啊，妳真的只是來露個臉而已啊。」

我以為她剛才那樣講，單純只是一種說詞而已，所以有些驚訝。不過志乃原理所當然地點了點頭。

「對啊，就真的像我剛才說的那樣。雖然認識的時間還短，但也受到學長的照顧了。」

「妳家並不在這附近吧。不用特地跑來也沒關係啊。」

就算是受到關照，她在年末這樣繁忙的時期還抽空過來一趟，讓我感到有些歉疚。

不過志乃原大大嘆了一口氣，否定了我這樣的想法。

「我說啊，學長，難道你覺得我人有好到只為了這點理由，就跑來你家嗎？」

「唔……」

說得極端一點，我完全不覺得。

就元坂那件事情來說，從她對待已經沒什麼興趣的人的態度就能窺見一斑。

「我退出社團，也和遊動學長分手了，現在很閒啊。這時候跟我變得要好的就是學長。那我當然就只能不請自來了吧。」

「簡單來說就是打發時間吧，妳真惡質啊。」

「嘿嘿嘿，被你說得好像我性格很差勁一樣呢。」

意思確實是一樣沒錯，但為什麼可以露出那麼漂亮的笑容啊？

志乃原這樣不被框架束縛又奔放的自由個性，我看了都覺得痛快。

不過照志乃原這麼可愛的容貌看來，就算只是陪她打發時間，肯定還是有一大群男生會樂意奉陪吧。

「一個人吃飯滿寂寞的，我們偶爾也一起吃飯吧。我會幫忙做家事喔。」

志乃原的身體逼近過來，抬起了視線看向我。

「只有今天就夠了，沒關係啦。」

「那我一星期就來個五天吧！」

「妳這傢伙，聽人說話啊！」

志乃原用手遮著嘴，感覺很有趣地晃著肩膀笑了起來。

看起來很是開心。

「不然一星期兩天好了。要來之前我一定會事先跟你聯絡一下，這樣行了吧。」

「行了吧」是怎樣，簡直就像確信我會答應一樣。

但比起一開始的要求，就覺得一星期兩次而且還會事先聯絡，好像好多了。

反正我也不是特別忙碌，儘管私人時間變少了讓我有些沒勁，但她既然還會幫我做家事，那我好像也沒什麼特別要拒絕的理由。

而且跟志乃原共處的時間，總覺得也滿充實的。

很容易就得出這個結論的我……

「這樣的話，倒是沒差。」

給了她這樣的回覆。

「呵呵呵。Door in the face，大成功呢！」

「什麼鬼？」

突然出現的一串英文讓我皺起了臉。

「這是一種交涉技巧啦。只要一開始提出誇大的要求，之後再提出的要求就比較容易被接受。電視節目上還滿常出現這方面的特輯喔。」

「哦，難怪我總覺得好像有聽過。沒想到運用在日常生活中，也是會上當呢。」

不過，現在跟志乃原的這段對話究竟能不能算是日常生活，還有待商榷就是了。

「對吧對吧。有去聽課真是太好了～～」

對於我的反應，志乃原一臉滿足地站了起來。

為了送她到玄關我也正要起身，卻被志乃原出手阻止。

「啊，不用送沒關係。畢竟是我不請自來的嘛。」

「這樣啊。那就在這裡道別吧。明年見嘍。」

「好的！祝你有美好的一年！」

做了一個敬禮的動作之後，志乃原靦腆地笑了。

「喔。也謝謝妳今年的照顧。」

我這麼回應之後，志乃原就低頭行了禮，便朝著玄關走去。

她打開了門，傳來風吹的聲音，最終又重返寂靜。

志乃原家跟我家應該在不同站才對。那傢伙說要搭新幹線返鄉，因此真的是特地出了車站來我這裡露臉。

今年對我來說，經歷過被交往大約一年的女朋友劈腿之類的事情，就算是客套話，也稱不上是受到眷顧的一年。

即使如此，我總覺得在最後也算是有了一個不錯的收尾。

◇◆

我躺在床上動不了。

之前朋友約我今天去參加聯誼。因為只是被叫去湊人數而已，我沒有多想就答應了，但一到了當天就覺得很不想去。

遲遲沒有動力的我，甚至認真思考起要不要臨時取消。

可是站在朋友的立場想，到了當天才發現人數合不起來應該相當困擾吧。那些從來沒有見過面的男生會怎麼想都無所謂，但我不想讓朋友傷腦筋。

「嗯～～……還是去好了……」

我勉強撐起沉重到不行的身體，站到鏡子前面去。

新年之後過了幾天。

雖然是一如往常的早晨，但新年這個詞彙還留在腦中，大家感覺也都還沒收心。

電視台的檔期也還一直在播很有過年氣氛的節目。

不經意看了一下手機，剛好就顯示出收到好幾則訊息。先前設定成靜音模式，所以沒有傳來通知鈴聲，不過偶爾也是會有這種時候。

『新年快樂！之後要上映的那部電影，我超期待的耶，小真由有興趣嗎～～？』

確認了一下傳送人，不覺得這是一則值得我立刻回覆的訊息。

像這種麻煩的聊天內容，我都會在心情好的時候一口氣回覆。就精神衛生來說，我比較適合這樣做。

洗完臉，懶散的心情也稍微好多了。

我接著就從化妝台的抽屜拿出隔離霜。

隨著將大概十圓硬幣大小的隔離霜，一點一點拍在臉上，覺得不想外出的心情也漸漸變得淡薄了。

只要撐過今天，之後就有好一段時間都沒特別安排什麼計畫，可以好好放鬆。換成這樣積極的想法，我接著就再將粉底一點一點拍在已經延展開的隔離霜上。

究竟是從什麼時候開始，認為化妝就是儀容的一部分呢？

至少還是高中生的時候，我覺得化妝或不化妝都好。有化妝的人會覺得稍微成熟了點，但就算沒化妝也很正常。如果這個認知可以一直持續下去，該有多麼輕鬆。

進了大學，因為身邊的人都有化妝，所以我也有樣學樣地每天化妝了。

當我化妝時，每天的心情都不太一樣，但今天格外純粹。

「啊～～麻煩死了～～」

我喊出聲，發洩此時的情緒。

即使如此，化妝還是不能隨便。雖然我不化妝也很可愛，但化了妝肯定更可愛。

身為女人的這一份尊嚴，讓我無法原諒自己在男人面前暴露出粗糙的妝容。

最後用淡粉色的唇膏塗在嘴唇上，接著就要準備換衣服。

儘管心情上完全提不起勁，但還是猶豫了一下才決定要穿的服裝。

與其說是挑選去約會的衣服，感覺更像是在決定要上戰場的打扮。

時間上感覺快來不及了，因此我急忙出了家門，快步走向車站。走到一半我才發現，今天穿的是帆布鞋。

腦中一瞬閃過難得都打扮一番，早知道就穿高跟鞋了的想法，卻也在心中被自己否定掉。

既然這麼不在乎，那也就代表今天這場聯誼有多沒價值了。如果是要跟喜歡的人去約會，就會連不同雙的高跟鞋之間的些微高度差距，都要花時間煩惱了吧。

「喜歡的人啊。」

在我的人生當中，可以斷言「我喜歡這個人！」的那種心情，是遠在多年以前，還是小學生的那個時候。而且那也只是有著模糊的記憶，回想不起來實際上的心情。

但是最近，身邊有一個讓我抱持著跟其他異性不同情感的人在。

「不知道學長今天有沒有空？」

要是聯誼很無聊的話，中途就先開溜好了。

我點開應用程式，傳了訊息給學長。

『新年快樂！我今天想去你家，可以先把鑰匙放進信箱裡嗎？』

多麼厚臉皮的一句話。若是別人傳來的，可是會到覺得反感的程度。

結果下個瞬間，就收到「新年快樂。我知道了」這樣的回覆。

連個表情符號都沒有的一句平淡回覆。

分明如此，卻又確實傳達出一股溫暖的感覺，究竟是為什麼呢？

我煩惱了幾秒鐘，就回傳了最近買的可愛貼圖給學長。
原本沉重的步伐，感覺也稍微輕快了起來。

★第5話　偶然

今天好像刷新了幾年來的最低溫紀錄。

一月下旬，街上別說是聖誕節的氣氛，就連新年的氣氛也不復在，完全回到了平時的模樣。

這一個月來也沒有什麼特別的改變。無論是跟朋友一時興起買了樂透，或是到許多新年聚會中露臉，幾乎都跟去年一樣。

如果要特別舉出一點跟去年不一樣的地方……

「學長，在我沒來的這段期間，你又弄亂成這樣了呢～～」

那就是一星期會來我家三次的前聖誕老人——志乃原真由。

「少囉嗦，身為男人哪會去打掃啦。」

「什麼嘛～～說那種沒邏輯的理論。這樣家裡會堆積灰塵喔～～」

志乃原用那種有氣無力的聲音說著，並開始將四散在房間各處的衣服收來摺。

「喂，妳不要弄啦。等一下我會自己摺。」

「學長，自從你這樣說了之後，我相信了一整個星期，但你完全沒有要摺的意思嘛。」

「明天就會開始做了。」

「是喔。」

志乃原一邊用完全不相信的語氣回應，摺衣服的動作還是沒有停下。

事情為什麼會變成這樣？

年底時志乃原來我家那天，跟我提過一星期大概會來個兩天。

我覺得這件事情本身是一種新的緣分，也為此感到開心。

但是，現況卻跟當初想像的完全不一樣。

這樣與其說是「會來我家」，「定期會來」這個說法還比較正確。

我雖然也對這個現狀感到困惑，不過自從志乃原開始來我家之後，在某件事情方面我打從心底感謝她。

「學長，今天廚房也借我用喔～～」

「喔，謝啦。」

沒錯，就是料理。

一個男學生的獨居生活何等悲慘，吃飯這種事情都是隨便解決。

睡到過中午才起床就先吃個麵包，晚上則是吃過外食之後才回家。不會跟朋友見面的時候，就是去買便利商店的便當。

一直過著這樣的生活，導致十分渴求親手做料理的舌頭，對於志乃原做給我吃的料理感到相當欣喜。

「真的是幫了我很大的忙。得找機會一併給妳個回禮才行。」

「反正我也是自己一個人住，這只是順便啦，順便。而且只是閒來無事的時候會跟學長一起吃，你不用太介意啊。」

「真的嗎？妳這傢伙人真好耶，很懂我的錢包有多扁嘛。」

我不禁鬆了一口氣。

這個月打工排的班比平常還要少也有影響，存款變得讓人滿不安的。一想到接下來就要開始準備就職之類的事情，更是讓人沒什麼從容。

「用ＬＶ的錢包當回禮就行了。」

「不要卯起來敲詐啊！」

「是學長不好，誰教你對於這樣無償奉獻的我，暗示說要給回禮嘛。沒有在看到別人亮出ＬＶ錢包還不會直接投奔的女大學生好嗎？」

「為什麼回禮就已經決定是ＬＶ的錢包了啊……」

這讓我沒勁地倒回床上。不過，就算食材的費用是我們平分，這也不會改變讓她多費工下廚的事實。

或許過陣子要買個那種程度的東西給她也不是不行。

舉例來說，像在她生日的時候之類。

「妳生日是什麼時候啊？」

「明天。」

「什麼！」

我從床上跳起來之後，視線就跟眨了眨大眼的志乃原對上。

志乃原也整個人僵住，維持在腰上綁著圍裙的姿勢，歪過了頭。

「怎麼了嗎？」

「……呃，就是……那個啦。只是突然嚇一跳。這樣妳是幾歲啦？」

我順勢回她一個不會令人起疑的問題，又再次躺了回去。

「我突然覺得啊，能隨口問女性的年紀，也只有還是學生的時候了吧。」

「也是呢。出社會之後就不太能這樣問了。」

「就是說啊。在不知道年紀上限的狀況下，真的很可怕。」

志乃原做出抖了一下的動作。

她接著輕咳了一聲，開口說：

「至於剛才那個問題，是十九歲喔。距離合法飲酒還剩一年！」

「哦～～」

雖然在意她說的「合法」一詞，但我選擇不去吐嘈這點。

就像之前志乃原說過的，大學生就是這樣。

「唔唔唔，總覺得你的反應很冷淡耶。就快合法了喔！學長也是十八歲的時候就——」

「好好好，是沒錯啦。但這種事還是別太常在外面講吧，現在這種世道，會在哪裡被誰聽見可都不知道。」

我打斷了學妹就要說出口的真的不太正經的話。

學妹似乎對於沒有讓她說到最後而心生不滿，但好像也沒有想要繼續說到最後，就轉過臉說：

「又沒關係，這裡是學長家嘛。而且也只有我跟學長在啊。」

「重點是這個嗎？」

「重點就是這個。」

志乃原這樣斷言之後，就從口袋中拿出了智慧型手機。

傳出震動的智慧型手機，顯示著某個人傳來了聯繫。

「明天一起去哪裡吃個飯吧？」

若無其事地，我這麼向她提議。

也兼作平時的回禮，帶志乃原出門吃個飯或許還不錯。

反正明天也沒事。

就算要送她禮物，我也對自己的眼光沒信心。

聽到我的邀請，志乃原抬起了臉，但她搖了搖頭。

「不好意思，我明天沒辦法耶。」

「啊，是喔。」

「請別做出那種感到意外的表情好嗎，就算是我，在自己生日的時候還是會事先安排好計畫啊。預計是要找朋友們幫我慶祝！」

志乃原感覺很開心地比出勝利手勢。從她平常的樣子看來，就能隱約感受出她的交友關係廣泛，這樣看來朋友也對她很好。

「咦？」

「嗯，怎麼了？」

「學長，你該不會是想說『生日的時候再買錢包給她好了』之類的吧？」

完全被她說中了，我也只好點點頭。結果志乃原慌張地揮了揮手。

「剛才那是開玩笑的啦，開玩笑！我才不會真的跟獨自外宿的學長要名牌錢包呢！」

「呃，不是啦，名牌錢包可能真的沒辦法。但畢竟是生日，還是可以送個禮物給妳。」

我也好一陣子無從送人禮物了。

現在我的腦中還牢牢記著之前想要送禮物給前女友那天的事。其實多少也有想過，是不是可以透過送禮物給志乃原，好蓋掉那個記憶。

「真、真的嗎？我們才剛認識一個月，就對我這麼獻殷勤。」

「白痴喔，就說了是平時受妳照顧的回禮啊。反正我就是想送，妳就少囉嗦了，儘管收下就是，如果不喜歡就拿去丟掉吧。啊，記得不要被我看到喔。再怎麼說，在我面前天掉的話我還是會很受傷。」

我聳了聳肩，志乃原再次發出驚呼地說：「咦？你是說真的嗎，學長？」

她是不是以為我在開玩笑啊？

志乃原似乎稍微猶豫了一下，但好像也不會覺得厭惡。

「你、你都這麼說了……」

對於志乃原這樣的回應，我不禁揚起嘴角。

禮物這種東西，就是連送禮那一方的心情也會跟著高昂。

「妳有想要什麼嗎？」

我這麼一問，志乃原以手抵著下巴，做出思考的動作。

「這個嘛……就交給學長選擇吧。雖然交給對方決定應該是最讓人困擾的，但正因為如此，交給你決定才比較好。」

「唔，來這招啊……算了，我知道了。交給我吧。」

「我會懷著滿心期待的！」

「好喔。」

我隨口回覆了眨了眨眼的志乃原。

說真的，我不知道志乃原究竟喜歡怎樣的設計。我能確定的，就是光靠我自己決定，恐怕會不合志乃原的喜好吧。想要掌握剛認識一個月的人的喜好，即使對方是自己的女朋友應該也很困難。

即使如此，如果是情侶，還是親自去選會比較好，然而這次不過是要送禮給學妹而已。

這種時候還是找可靠的朋友商量比較好吧。

我腦海中馬上浮現的人選，當然就是那傢伙了。

◇
◆

「拜託妳了。」

當我雙手合十地拜託那個可靠的女人——也就是彩華之後，只見她皺起了眉。
我把彩華找來大學的校門前，但她的反應似乎稱不上好。
「你要我去挑送給志乃原的禮物？」
「對啊，拜託妳了。」
「我不要。」
「不行。」
「不行是怎樣啊。」
彩華傻眼地嘆了口氣，繼續說道：
「因為你問我『現在有空見個面嗎』，我才特地走過來的耶。你這樣講會害我以為是要請我吃飯。」
「我怎麼可能為了請妳吃飯，就特地把妳從一群只有女生的小團體裡叫出來啊，那超需要勇氣的耶。」
趁著午休時間，我把彩華叫了出來。要介入她所處的那群小團體裡還滿痛苦的。
「嗯，我想也是呢。而且現在大家也都以為你是不是要追我。」
「啊？真的假的！」
「假的。那幾個人都知道我跟你只是高中朋友啦。」

「妳不要嚇我好嗎，這謊話真是惡質。」

雖然我跟放眼系上也格外引人注目的彩華很好，但跟其他女生倒是沒什麼往來。跟彩華待在一起的話，有時候也會有其他不認識的女生靠過來，但那種時候彩華肯定會隨便找些理由跟我兩人獨處。

理由很單純，好像就是「因為這樣比較輕鬆」。

雖然彩華跟剛才那群人相處的時候，相較之下表現得比較自然，但除此之外，跟其他沒有深交的人相處時，她的言行舉止總是會比較著重於表面工夫。

她本人也是樂於這麼做的樣子，但偶爾還是會想要可以放鬆的地方吧。

「再說了，志乃原有說交給你選吧。那你不去選就沒意義了啊。這就是誠意吧。」

「不，別看志乃原那樣，她是個滿講究合理性的女生。從她對又不是男朋友的我說『交給你選』這點看來，我認為那是在對我施壓。所以送她實用的東西應該比較好。」

「喔，是喔，怎樣都好啦。」

彩華看起來完全沒有要幫忙的意思。

不過從她沒有用打工之類的理由回絕我看來，應該還是有願意幫忙的可能性吧。既然如此，那就還需要一個可以推她一把的材料。

「彩華。」

「幹嘛？」

「期考快到了吧。妳不想知道考古題嗎？」

「很可惜的，應該沒有你知道但我卻不知道的考古題吧。」

沒錯。想跟交友廣泛的彩華較勁，就算有五個我可能也比不贏。

不如說，通常都是我要拜託她讓我看考古題。

「是說，我想起一件事了。你之前把我給你的考古題拿給其他朋友看了對吧。」

「呃！」

「加上這點，你可要好好請我一頓嘍。」

彩華得意地哼了一聲。關於這件事我也真的無從辯解，並發誓會再找別的機會補償她。

但那跟這次是兩回事。

於是我決定使出殺手鐧。

「……車站前那間飯店的期間限定自助式餐廳。這樣如何？」

「啥米！」

限定從這個週末開始的一星期內，辦在飯店最高樓的自助式餐廳。那還不是一般的自助式餐廳，而是採用了高級食材跟罕見的料理，只是相對的價位也很高，但對這種少見的餐廳特別感興趣的彩華來說似乎很有效果。

「好，既然是這樣，那也沒辦法了呢！」

看彩華興致滿滿地答應，我這才鬆了一口氣。

雖然產生了一筆預料之外的花費，但對象既然是彩華，或許這樣只是剛好而已。

我平常不只受到志乃原的照顧，彩華也對我很好。

儘管一天之內就說好要給兩個人回禮，但偶一為之應該沒差吧。

◇◆

幾天後，我跟彩華照著計畫來到了市內規模最大的購物中心。聖誕節的時候，這裡滿是色彩繽紛的裝飾，年底的時候則是用紅白色系統一的大廳，現在變成宣傳特賣的巨幅布條。

為了挑選要送給志乃原的錢包，我們去逛了很多間店，卻遲遲沒看到彩華認可的錢包。前前後後已經花了兩小時。

「我開始覺得每一款錢包看起來都一樣了。」

感到疲憊的我，不禁說出這樣的話。

「是你要我挑的吧。既然決定要幫你做這件事，我可就不會輕易妥協。」

「……妳不用擔心啦，自助式餐廳我還是會付全額喔。」

「跟那個沒關係好嗎？既然說好要幫你選，就得挑個志乃原收到會覺得開心的禮物才行，不然可是會影響到我的行情。」

「妳人還真好喔……」

一邊這麼說，我們走出了第四間店。

雖然是有在販售女大學生都愛的品牌的店家，但好像沒有令彩華頷首的款式。

至今逛的四間店，全都是學生愛用的名牌店。

成為大學生之後，可以運用的錢變多，就像是與此成正比的，身邊開始意識起名牌的人也增加了。

我自己對於名牌沒有那麼執著，也比較喜歡穿設計簡單的衣服，但有些喜歡名牌的人全身都會以自己喜歡的品牌統一。

就算設計普通的東西，只要是人氣品牌就會附加一定的價值，所以在我的認知當中，如果是要送女生禮物，總之找個品牌挑起就絕對不會有錯。

分明如此，對四間名牌店家都不屑一顧的彩華，應該是有著很講究的標準吧。

「找到了。接下來就去逛這間店吧。」

彩華的手指著有附上店名的樓層簡介。位在八樓的那間店，是對學生來說因為相當昂貴而出了名的品牌。

「我的預算……」

我不禁後退了一步，卻被彩華抓住包包而留步。

「別擔心。我是這間店的會員，而且現在正在進行會員限定的祕密特賣喔。只要買兩個折扣就會更好，我也可以陪你買個什麼。」

「咦？那樣未免也太過意不去了。」

「沒關係沒關係。這也是個我可以騙自己『既然是要幫助朋友那也沒辦法』的好機會啊。我可以買下之前就很想要的包包。」

「這樣真的好嗎……」

「好了，我們走吧！」

她很有氣勢地這麼喊了一聲，接著就使勁抓住我的手臂。

踏上手扶梯抵達店門口之後，就能感受到一股和之前那幾間店截然不同、很有高級感的氛圍。

「我最怕這種地方了。」

「也是呢，那我們走吧。」

「呃……」

得到相當於無視的回應，我也只能跟著她走了。我隨便瞄了一眼包包，發現竟然要價九萬圓。

「不行，我要回去了。」

「等等，太快了吧！也有買得起的款式啦！」

接下來就是彩華自己逛，當我再次到店內跟她會合時，已經是十分鐘後的事情。她的手上已經掛著應該是預計等一下要買的包包。

「我發現一個不錯的錢包嘍。你來看！」

被彩華拎著脖子來到放著錢包的地方。價格是……

「兩萬一千圓啊。差不多就這樣吧。」

雖然我的口袋並沒有深到有辦法說超過兩萬圓的錢包是「差不多就這樣」，但長時間一直看著高價位商品，似乎讓我的價值觀有些麻痺了。

「而且今天是錢包折扣最多的日子，大概只要一萬五左右就能買到。太好了呢。」

「唔喔，可以折扣那麼多喔。那確實滿誘人的。」

但那是就買給自己用的來說。一旦變成是為了要送給別人而買下這個錢包的情況，就會需要做好相當的覺悟。

仔細想想，我也覺得要送價值超過一萬的東西給一個不是女朋友的女生，似乎是一件滿不得了的事情。

對象是志乃原那倒還好，要是換作其他女生，這個價位或許還會嚇到人家。

「那我去叫店員過來喔，得請人打開展示櫃。」

「太快了啦，我想再思考一下。」

「你不是說了要交給我嗎？價格也還在預算內，我是覺得除了這個不作他想了。」

「就算妳這樣講……」

當我還在猶豫的時候，忽然有兩個像是女大學生的人進到我的視線當中。

我的目光莫名被那兩個人牽引。

感覺是滿亮眼的，但這種程度我在大學裡也看慣了。分明如此，我為什麼會這麼在意她們？這麼想著，我的視線追著她們兩人。

我在意的是那個站在展示櫃前正在滑手機，頭髮染成灰色系的女大學生。

雖然看不到臉，但我對於她的身形、動作還有氛圍都有印象。

那個女大學生像是發現了我的視線，緩緩地抬起臉來。

——只見我的前女友，相坂禮奈就在眼前。

◇◆

「——禮奈。」

平淡的聲音脫口而出。

禮奈看起來也跟我一樣震驚，睜圓了眼。

「……悠太。」

那道語氣著實令人懷念。無論聲音還是表情動作，全都刺激著那個時候的記憶。

黑色的長版大衣跟紅色的圍巾搭上偏高的跟鞋，這樣的穿搭我以前也見過。

髮色雖然比我們在交往的時候再稍微淺了一點，但那肯定還是我以前交心的那個對象。

我們彼此都沒再說話，就這樣過了幾秒，這時禮奈身旁的那個女大學生開口說：

「禮奈，他是誰？妳的朋友嗎？」

「咦？啊，嗯。差不多啦。」

禮奈語帶曖昧地這麼說了之後，再次看向我，感覺有些傷腦筋地笑了。

「……總覺得好久不見了。過得好嗎？」

聽著應該是顧慮周遭眼光的客套話，我在內心大大嘆了一口氣。

在她身邊的那個女大學生好像不認識我。畢竟交往了差不多一年，我也跟禮奈的幾個朋友打過照面，不過這個人是第一次見到。

禮奈念的是有許多千金小姐就讀的女子大學，而這也成了間接的原因，導致我們共通的朋友並不多。

看著禮奈的朋友面露好奇的神色，我直覺她應該什麼事情都不曉得吧。

「……嗯，還可以啦。」

我也回以不痛不癢的一句話。

即使是時隔兩個月的重逢，也沒必要向應該什麼都不知道的禮奈的朋友言及那件事。事到如今，我已經沒什麼話想說的了。

在她劈腿的隔天分手，那時禮奈也沒有向我解釋什麼。

當我對禮奈說「我們分手吧」，她只是沉默地點頭而已。

不過兩個月——這樣說起來或許只是一小段時間而已，但剛分手那時候，一天簡直漫長到教人作嘔。

所以感覺起來，就像是時隔許久的重逢。

還在跟禮奈交往的時候，我那麼重視她的那份心情，也抱持著光是喜歡兩字無法形容的各種情感。

一旦分手，也就單純變成一個認識的人而已。

「你要買那個嗎？」

禮奈這句應該是想聊些無關緊要的事情而脫口的話，指向了我拿著的錢包。在手中的，是要送給志乃原的錢包。

「對啊。雖然有點貴。」

「這、這樣啊。對方能喜歡就好了呢。」

「嗯。」

我這麼簡短回答後，就像是意味著對話結束一樣，目光又看回展示櫃了。

自己也能感受到已經漸漸拾起對於禮奈的感情。

剛分手的時候，光是看見有拍到她的臉的照片就會覺得心如刀割。

現在，雖然在巧遇她的瞬間覺得心情一陣紊亂，但跟剛分手的時候相比，已經平靜太多了。

以後，時間就會解決這一切吧。

「那個，還能再見面嗎？」

「——啊？」

做出回應的並不是我，而是從剛才就一直保持沉默的彩華。

禮奈也像是嚇了一跳般看向彩華。

「妳有沒有搞錯啊？」

她這麼說的聲音，蘊含了滿滿的輕視。

禮奈跟彩華沒有直接見過面。

我們交往的時候有好幾次想介紹她們認識，但每次時間都喬不攏。

不過我有給彩華看過很多次禮奈的長相，所以她才會認得。

禮奈應該也是因為這句話察覺了，撇開視線之後就快步離開這間店。

她走過我身邊時，留下了一句「改天見」。

「……喂。」

確認禮奈走出店外之後，我對著彩華說。

彩華在看了一眼禮奈走出去的方向之後，開口說道：

「抱歉。看你努力想維持平常心，我原本也打算忍耐下來，但還是很氣。」

「妳的心意讓我很高興就是了啦。那傢伙就是前女友。」

「你給我看過很多次照片，所以我馬上就認出來了。雖然長得可愛，但也只有這樣呢。」

「哎，嗯。是沒錯啦。」

除了長相可愛之外，她應該還有很多優點。

但身為一個人，不管是怎樣的傢伙，肯定都會有優點。

現在對彩華說這種話或許太不識趣了。

畢竟，彩華是為了我生氣。

「……謝謝妳。」

對於我不禁說出口的道謝，彩華露出了苦笑。

「就算因為這種事而道謝，我也覺得很複雜啊。你前女友的朋友明明就毫無關係，我卻牽連到她了。」

彩華這麼說，像是要散走怒氣般大嘆了一口氣。

「好啦，那就決定買這個錢包嘍。我一起刷卡，你之後再給我現金吧。」

跟禮奈重逢的關係，讓我完全淡忘了買東西這件事情，這才因為彩華的一句話而回神。

快步走向結帳櫃檯的彩華手上，不知不覺間就抓著從我手上拿走的錢包。她的另一手掛著應該是自己打算要買的包包，表情絲毫不見方才的怒氣，看起來相當開心。

「要花大錢買東西的時候，果然會很雀躍呢。」

「也不是不懂這種心情啦……但算了。就買那個錢包吧。我自己付啦。」

我想透過花錢解開遇到禮奈的鬱悶心情。如果那還是要送給平時對我照顧有加的人的禮物，更是一石二鳥。

「不，我來付。」

「咦，為什麼？」

「刷卡結帳的話可以累積點數啊。把那五百點給我吧。」

「好、好貪心！」

還有其他人在的時候明明就不會說這種話，如果只跟我在一起馬上就露出本性。

雖然這樣也讓我樂得輕鬆，是沒有什麼怨言啦。

「那你去外面等我吧。」

「是是是……」

我心不甘情不願地退讓之後，彩華就滿心雀躍地去結帳了。

確認了彩華正在櫃檯結帳，我朝著禮奈最後離開的方向看去。

前女友的身影早已混入人群之中，再也看不到了。

◇◆

等了五分鐘後。

走出店門的彩華對我說了一句：

「來。這是你的。」就把裝著錢包的袋子遞過來了。

看到那個袋子裡面還裝有除了錢包以外的東西，我不禁拿了出來。

「這個……」

是鑰匙包。從那低調的黑色光澤看來，就能知道肯定價值不菲。

「送你的。」

「咦，這樣好嗎？是說為什麼這麼突然啊？」

「這是生日禮物喔。你生日是在七月嘛，雖然早就過了。我想說好像從來沒有送過禮物給你啊。」

「咦，妳是認真的嗎！也太帥氣了吧，真的要送我喔！」

我發出了連自己都感到驚訝的高亢聲音。

禮物這種東西，無論是送的人還是收下的人都會感到緊張。

送禮的人會對於「不知道對方會不會喜歡」而緊張，收下的人則是會想說「反應不能太差，不然會讓對方覺得不開心」而緊張。

我特別不會應付自己收下禮物時的狀況，就算真的很開心，反應也很不得要領，讓人難以理解。

但現在收到真的想要的東西，情緒不禁高昂了起來。我真的很久沒有像這樣在收下禮物的時候，不用顧慮那些事情，並做出很好的反應了。

彩華似乎也對我這樣的反應感到滿意，並開懷地笑了笑。

「你就收下吧～沒關係啦。」

「真的很謝謝妳耶，真的。」

「你能覺得高興，我也很開心啊。好耶，那我們走吧。」

「咦，要走去哪？」

「吃自助式餐廳啊！要給第一次親自送禮給男生的我回禮，就用你的態度跟錢來展現誠意吧！」

「喂，補上這句廢話氣氛全沒了啦！」

我不禁這麼吐嘈，彩華也跟著笑出聲來。

彩華就這樣滿心雀躍地朝著辦有自助式餐廳的飯店方向走去。

跟上她的腳步之後，我在腦中反芻著她剛剛說的話。

——彩華那傢伙，原來是第一次親自送禮物給男生啊。

雖然跟她很要好，但也不是完全熟知她的交友圈，所以我還以為不過是送禮，她應該很一般地會送別人才是。

看著彩華等不及要去吃自助式餐廳而快步走起來的背影，我不禁揚起嘴角。

對彩華來說，應該很喜歡我跟她之間這種不會發展成戀愛的單純朋友關係吧。

不過，因為彩華第一次送禮的對象是我而感到開心，應該也不會遭天譴吧。因為遇到禮奈而變得亂糟糟的心情，已經完全平復下來了。

◇
◆

跟彩華好好享用了自助式餐廳之後，我踏上了歸途。

途中，我拿出已經變得乾癟的錢包。原本想在自動販賣機買個咖啡回家的，但錢包裡就只剩下連這點錢都會猶豫的金額而已。諭吉、樋口，你們是到哪兒去了。

「真的有夠貴，雖然是很好吃啦。」

我不禁這樣喃喃，就把錢包收回後方的口袋了。

光是今天一天到底就花了多少錢啊？是不是花到獨自外宿的學生不願想像的程度了？像是聖誕節之類特殊節日時，有這種程度的花費就算了，但今天可不是什麼特別的日子，因為不過是個平日才更覺得可怕。

在自助式餐廳裡供應的並不是像家庭餐廳當中的那種菜餚，全都是單品就能高價端出來的那種料理。

既然可以盡情吃到那些料理，也難怪錢包會這麼乾癟了。

「沒想到連咖啡都買不起……」

我發出難堪的聲音，這次真的要往家裡走回去。

看來得放棄這個月本來想買的遊戲機之類的了。

望向自己家所在的那幢公寓，發現我家點亮著照明。雖然之前志乃原有說過今天朋友要替她慶生，但看來那也結束了吧。

『今天感覺可以早點結束，所以請把鑰匙放在信箱裡吧。』

今天早上我的ＬＩＮＥ收到這樣的訊息。

沒什麼會招來小偷的危機意識的我，不經多想就答應下來，並把鑰匙放在信箱裡。

現在時間是晚上十點半。

雖然不曉得她做什麼拖到這麼晚，但現在肯定是窩在人家家裡懶散地看著漫畫。

爬上吱嘎作響的樓梯，站到門前。我家就位在雖然不至於破爛，但也滿老舊的這棟公寓的二樓。

打開門說著「我回來了」，迎面聽見的就是電視的聲音。

走廊深處探出一張我已經見慣的臉。

志乃原綁起微捲的頭髮，收成一束馬尾。

「啊，學長。你回來啦。」

「我回來了。這麼晚了，妳在幹嘛啊？」

「就像你看到的，在看電視啊，看電視啦。」

一邊這麼回答，志乃原轉開了正在看的頻道。從一位女性在接受採訪的畫面，切換成新聞節目了。

「哦，是在看什麼？」

「祕密。請你不要對女生這麼深究。」

「這算不上什麼深究吧，遙控器拿來。」

「啊！」

拿著遙控器隨便轉台之後，就看到了剛才的那位女性。畫面左上角的標題寫著「什麼時候會覺得想交男朋友呢？」，看來是戀愛話題的節目。

「哦，沒想到妳會看這麼有少女情懷的節目啊。」

「啊———！竟然說沒想到，也太差勁了！」

「妳為什麼要看這種節目啊？」

我這麼一問，志乃原遲疑了一瞬，便將眼神撇開了。

「……不過，妳不想說就算了啦。比起這個啊，今天……」

「我想說，自己是不是哪裡有偏差。」

「——結果妳要回答喔。呃，幹嘛突然這樣講？」

「啊，好冷淡！我都鼓起勇氣坦承了耶！」

志乃原狠狠地瞪了我一眼，但那看起來只是很可愛，對我來說沒有任何效果。

「……我之前跟元坂學長交往不是嗎？因為那件事情，讓我懷疑自己的想法好像與一般有所偏差。主要在我心中。」

「喔。現在才發現啊。」

是不是跟一般價值觀有所偏差這種事，就算從那個人生活至今的環境看來，也沒辦法從改變當中一概判斷。

不過呢，我所認知的一般價值觀，應該是想法有些偏差的存在。那並不是不好，不過是罕見罷了。

「我和朋友說了跟他分手的事情。畢竟是上個月分手的，現在才講也有點遲了，但總之就是想跟他們說一聲。」

「哦，那妳朋友有什麼反應？」

「嗯。朋友就說『被劈腿好慘喔』之類，『希望下次可以有更好的戀情呢』這些。」

「是喔～～妳朋友人很好啊。」

「是沒錯啦。」

志乃原就像是要表達「想說的重點並不在這裡」一樣搖了搖頭。

「我聽到這些話，總覺得很彆扭。對於聖誕節那天，給學長你們帶來麻煩這件事，我有在反省了。但畢竟我真的只是因為想體驗情侶會一起做的事情，才跟他交往……」

我也沒有覺得受傷啊——志乃原這麼說著聳了聳肩。

「即使如此，卻被顧慮、安慰了一整天。今天真的累死我了。」

「所以才會明明是妳生日，卻滿早就解散了啊。」

「對啊……因為想體驗情侶會特別一起做的事而和元坂學長交往，被劈腿雖滿肚子火，但沒有感到受傷。我這樣的想法，是不是有所偏差啊？」

「就是有偏差吧。」

「果然是這樣啊。」

對於我坦率的感想，志乃原「啊哈哈」地笑了兩聲。她看起來沒有特別受傷，笑聲相當爽朗。

「志乃原，我覺得跟妳一樣，因為想體驗一些情侶會做的事情才跟人交往的男生，也滿多的就是了。不過一般來講要不是多少有點喜歡也不會交往，要是被劈腿了多少會覺得受傷吧。」

這樣回想起來，志乃原之前只說被劈腿之後覺得很火大，看起來並沒有因為被劈腿這件事而受傷。

「妳被劈腿的時候，為什麼會生氣啊？」

「因為很火大啊。」

「為什麼？」

「因為覺得被瞧不起。」

「那應該也是出自他對於除了妳自己以外的女人抱持好感而生的嫉妒吧？就像是『難道對我的愛情是一片謊言嗎』之類的。」

「並不是。因為他很糾纏地向我告白，我才第一次答應交往的，沒想到竟然劈腿，我就覺得『也太瞧不起我了吧』。除此之外就沒有其他想法了。」

如此斷言的志乃原，最後看著沉默不語的我，心有不安地皺了眉頭。

「……我這樣很輕浮嗎？」

她似乎還是覺得自己的想法跟其他人有所偏差，接著又開始煩惱是不是自己輕浮。

說真的，我並沒有足以馬上否定的證據，但我並不討厭志乃原這樣的想法。

「這種想法見仁見智，現在就只要等著那什麼總有一天會邂逅的對象不就好了？」

「我等了，也邂逅了，然後就被劈腿了。」

「…………這樣啊。」

「你那可憐人的口氣是什麼意思啊？」

「沒有啦，抱歉。妳也很辛苦呢。」

「我剛剛不就才說那種態度讓我很累嗎——！」

志乃原鼓起了臉頰。

她接著屈起膝把臉埋在雙腿間。

「好羨慕大家喔。兩情相悅的情侶好好喔。」

「這倒是呢。」

只有轉瞬之間，腦海中浮現了剛才重逢的禮奈的臉。

像是為了蒙混過這個想法，我翻弄了一下彩華給我的那一袋東西。

「欸，給妳啦。錢包。」

「咦！」

志乃原馬上從抱膝坐著的姿勢起了身，朝我靠了過來。並非家中洗髮精的味道，而是一陣香甜的氣味搔弄著我的鼻腔。

「祝妳生日快樂。以後也請多指教了。」

「……我心動了。」

「是喔，妳喜歡就好。」

「是說，這完全擊中了我的喜好耶。你怎麼會知道我一直很想要這個品牌的配件啊？你是天才嗎？」

真不愧是彩華，那傢伙挑選的東西總會正中紅心。

「從平常我們聊天的內容就能猜得出大概了啦。」

……拜託原諒這樣耍帥的我。

這時，門鈴響了。

跟這種套房一點也不合適的格外大聲的音量回響起來。

「這麼晚了，會是誰啊？」

志乃原說著「嘿咻」站了起來，往玄關走去。

看她很珍惜地拿著錢包的樣子，應該是真的很喜歡吧。

雖然買這次的禮物是一筆不小的花費，但能看見她這副模樣，我也覺得值得了。

聽見了志乃原喀嚓的開門聲音。

然而接下來傳進耳中的並不是志乃原，而是熟悉的話聲。

「咦？志乃原，妳在這裡做什麼啊？」

「……彩華學姊。」

隔著志乃原，我跟彩華對上了眼。

◇◆

我不禁從彩華的視線別開了臉。

這麼說來，我好像還沒跟彩華說過志乃原一天到晚泡在我家的事情。

都這麼晚了還讓志乃原待在家裡，儘管完全沒有任何邪念，但要是立場顛倒來看，我對於這樣的狀況會怎麼想呢？

那當然是——

「……是怎樣？難道你們在交往嗎？」

果不其然，彩華發出驚訝的聲音。

一看見她的臉，就能發現那並不是平常要捉弄我的樣子，而是單純感到驚訝的表情。

回想起來，至今我每次交到女朋友的時候，都會第一個向彩華報告。

看在彩華眼中，應該是我不但什麼都沒跟她說就交了女朋友，而且對象還是她認識的志乃原這般雙重震撼吧。

我揮著手舉步走向難得說不出話來的彩華。

「不是啦。我應該有跟妳說過是怎麼回事吧。」

即使如此，彩華還是在沉默了幾秒鐘之後搖了搖頭。

「……是你的話確實是有可能這樣做啦。但看見這種狀況，任誰都會這樣想吧。」

「哎，是沒錯啦。如果不是妳，我也沒有可以解開誤會的自信。」

「不不不，就算是我也覺得一片混亂好嗎？不要期待我有那麼懂你啊。」

彩華又補上一句「我真的嚇了一跳耶」，便把玄關的大門關上。

阻斷了吹進室內的寒風，家裡才稍微暖了起來。

「即使如此，也是比其他人懂我吧。」

「嗯，是沒錯啦。」

雖然有很多大學生在男女交往方面都很曖昧，但我讓沒在交往的女生進來家裡的次數並不算多。更何況在我的印象中，更是沒有那樣兩人獨處過。

這樣的我在晚上十一點半這種時間點還跟志乃原待在一起，彩華會誤會也是理所當然。

但誤會已經解開了吧。

我如此確信，想說也要向志乃原道歉的瞬間，卻從她本人口中竄出了意料之外的話。

「原來彩華學姊是這麼晚了還會到別人家打擾的那種沒常識的人啊。」

聽到這句話的彩華，在隔了一小段時間之後歪過了頭。

「……哎呀，我才不想被一個這麼晚了還泡在不是男朋友的男人家裡，而且還未成年的人這樣講呢。」

——呃，為什麼妳們一見到面就馬上吵起來啦？

我不禁介入制止她們。

「志乃原，彩華姑且是妳的學姊吧。」

「……是呢。不好意思。」

雖然志乃原嘴上坦率地道歉了，眼神卻還是緊盯著彩華不放。

聯誼那時候明明就沒有這種感覺——

——不對。

那個時候，她們連一句話都沒有講。

她們是不是有什麼心結？

在緊繃的氣氛當中，我有了這樣的直覺。

我不經意看向彩華，只見她依然是那樣冷靜的表情，絲毫沒有動搖地看著志乃原。

隔了一小段時間，彩華開口說道：

「……她的話是沒差啦。反正是以前就認識的學妹。」

「以前就認識？」

確實有聽彩華說過是她學妹，沒想到是在上大學以前就認識了啊。

然而，我不曉得這跟流瀉在志乃原和彩華之間的氣氛之所以莫名緊繃的理由有無關聯。

……而且，我現在也沒必要知道這件事。

這是她們之間的問題。

我想了一下，就對志乃原補上一句：

「志乃原，別再說下去了。」

聽見我這句話，志乃原朝我悄悄瞄了一眼，就坦率地垂首道歉。

「對不起。我話還是說得有點太重了。」

對於志乃原的致歉，彩華感覺也不是那麼在意，她搖了搖頭說：

「沒關係啦，我才該道歉呢。我也忍不住就用那種說法煽動回去了。而且照這個樣子看來，你們好像也真的沒有在交往嘛。」

「是啊，我們沒有在交往。」

唯獨關於這點，志乃原坦率地點了點頭。

畢竟志乃原直到剛才還在抱怨「沒有真的兩情相悅過」呢。

彩華好像也覺得心中坦然了，她纖細的手指攏上了門把。

「那麼，打擾到你們了呢。要找你的事情，我改天再跟你說吧。」

「好啊，那就學校見了。」

彩華給我一個微笑作為回應，便轉過身去。

但當她要折回去的時候，眼神似乎被志乃原拿在手上的東西吸引了過去。

「妳在看這個嗎？」

志乃原發現了她的視線，便將手上的東西拿給彩華看。

「這個錢包，是剛才學長送我的。」

怦咚。

她這句話讓我的心臟猛然跳了一下。

彩華盯著志乃原拿起的錢包，稍微皺了眉頭。

那也是理所當然的反應，畢竟這個錢包就是彩華挑選的。

「……這樣啊。真是個不錯的錢包呢。」

短短回了一句之後，彩華在要離開時拍了一下我的肩膀。

「你也滿行的嘛，品味有提升嘍。」

「呃……」

對於我帶著「這樣好嗎？」這層意思的視線，彩華感覺不太在意地忽視了。

「我先走了。」

伴隨著這樣最後的招呼，彩華走出了玄關。

我只能目送漸漸融入了暗夜之中的彩華。

◇
◆

「志乃原，來一下。」

「……呃。」

當我在沙發上蹺起二郎腿，志乃原就在我前面的地板上嚴謹地跪坐下來。

這個情況要是被他人撞見了感覺會引發問題，但很可惜地這裡是我家。不用擔心會被別人看到。

「學長。」

「怎樣？」

「地板很冷耶。」

「一個人住的家裡哪會有什麼地板暖氣，妳忍耐一下。而且還不是妳自己要坐在那裡。」

我看了一眼穿得滿自在的服裝的志乃原，又重新換邊蹺腳。

我想對志乃原說的只有一件事。

「妳剛才那個態度。彩華就算是那樣的個性，還是妳的學姊吧。」

「……是的。真的很抱歉。」

低著頭的聖誕老人，感覺比剛和元坂分手時還要喪氣。

從她這樣坦率地道歉看來，就能知道應該有在反省了。

至少有在反省當著我的面表現出那種態度這一點。

所以我也稍微轉了話題。

「……我是想這樣罵妳一頓啦，但妳在我面前還是像平常那樣就好了。」

一聽我這麼說，志乃原立刻抬起臉來。

而且還很現實地表情為之一亮。

「好的！我會像平常那樣！」

「還有這種宣言喔……總之，妳今天就回去吧。已經很晚了喔。」

志乃原還是第一次在我家待到快要換日的時間。平常我都會在晚上十一點左右要她回去，雖然只用時間差判斷的話，也沒差多少就是了。

「現在也很難得有這種在末班車快到的時候，還讓女生回家的人耶。請你也擔心我一下吧。」

志乃原一邊這麼說，就走向玄關處。

就算是客套話也稱不上寬敞的玄關，在擺上三四雙我的靴子之後就變得更狹隘了，但志乃原還是一副已經習慣的樣子，將腳伸向了自己的跟鞋。

「那個，你都不會覺得在意嗎？像是我為什麼會用那種沒禮貌的態度之類的。」

「不會啊。那跟我又沒關係。」

「啊～～請你別說沒關係好嗎，這樣我也會有點受傷耶。」

志乃原穿好跟鞋之後，又再次轉身面對我。

「但是，我也還滿喜歡學長這種冷淡的個性。」

「是喔。妳快點把門關上啦，很冷耶。」

「……你這個人真的很冷淡耶！好歹也請給個反應吧！」

志乃原最後對我吐了吐舌頭，關門離去

「……不要隨便講出『滿喜歡』這種話啊。」

雖然知道志乃原並沒有那個意思，但如果我還是個高中生，肯定會覺得飄飄然吧。

要是因此誤會，男生可會被當成壞人。

儘管女生可能也會如此，但身為男生實在很難生存啊。

第6話　考試

隔天，我跟彩華兩個人在大學的吸菸區消磨空堂時間。

畢竟也到了二年級的下學期，課表上時不時會出現沒有安排課程的時間，也就是所謂的空堂。能自由安排出空堂是大學生的特權。

我一直以來都在謳歌這樣幸福的空堂時間，現在卻很在意身邊的彩華那種跟平常不太一樣的感覺。

彩華雙手緊緊抱胸靠在牆邊，莫名散發出一股難以靠近的氛圍。

正因為是個美人，才更會讓人覺得難以搭話。如果我不認識彩華，應該就會早早離開這裡了。

「欸～～妳今天心情是不是不太好啊？」

「嗯？哪有。」

「至少在我看來就是有啊。如何，我這樣講很有說服力吧。這可是跟妳相處這麼多年的我所得出的──」

「煩死了。」

「對不起。」

原本想要圓場的玩笑話還沒說完，就變成謝罪了。

「不過，下堂課開始之前妳還是想辦法緩和一下那種氣場吧。畢竟妳的賣點就是不管跟誰都能當朋友啊。」

「……我又沒有要賣。不過也是呢，我會注意的。謝謝你。」

彩華坦率地道謝之後，就開始滑起智慧型手機。

從她手指的動作看來，可以得知應該是在玩什麼小遊戲，但完全沒有專注其中。

眼看一下子就變成Game Over，我不禁向不斷重新挑戰遊戲的彩華再問了一次。

「到底發生什麼事啦？」

彩華先是瞥了我一眼，立刻就又看回手機畫面了。

這次彩華就沒再否認了。

果然還是有什麼讓彩華心情變差的事情吧。

但我不知道是昨天晚上那件事，抑或是別的事情。

如果是一般朋友，問到這裡還沒有要說的意思，我也不會再追問，但對象是彩華。

於是我決定再追問一下。

「說嘛。」

「你也太沒神經了吧。」

「那種東西我忘在媽媽的肚子裡了。」

「那你就從受精卵重新來過一次吧。」

彩華狠狠說完，就走出了吸菸區。

我也不得已將還有半支以上的菸捻熄在菸灰缸，就跟在彩華身後追了上去。

「對不起嘛。」

「我並沒有在生氣。而且不管怎麼說，再過二十分鐘就要開始上課了。」

「妳不是那種會在上課前進教室搶占座位的人吧。」

「期考前另當別論啊，這可是真的。」

彩華沒有停下腳步，直直走進了校舍，並按下電梯按鈕。

一進到電梯，待在那個空間裡的人就只有我跟彩華。

大學的電梯相對寬敞，上下樓的速度也很快。

但這幾秒鐘的時間還是被關在密閉空間當中，因此電梯裡也稍微飄散起剛才抽的菸的味道。

「你啊，也差不多該戒菸了吧。」

彩華用像是要趁這個機會坦白的強烈語氣對我這麼說。

「為什麼啊？又沒差。隨我想怎麼做都好吧。」

對於沒頭沒腦地冒出來的這句話，我不禁噘起了嘴。

「對你也沒好處吧。」

「有啊。跟學長一起抽菸的話，滿常會聊到比較私密的事情耶。」

確實買菸會增加額外的花費，考量到就算是客套話也稱不上充裕的錢包，應該還是戒掉會比較好吧。

再加上也對身體有害，這樣想來我也知道壞處滿多的。

但在和相坂禮奈分手的時候，抽菸多少有讓我的心情平復一些，而且就像剛才說的，也能成為和學長交流的管道。

好處也滿多的。

隨著電梯門開啟，我們抵達了教室所在的四樓。

我們兩人沒有多想地看著電梯要下去一樓的標示，這時彩華突然開口說：

「反正，唯獨你不適合的這點，我還是先明說了吧。」

「……真的假的？」

「你不適合抽菸喔，羽瀨川悠太同學。」

「不要講兩次啊！」

要是她說因為對身體不好我可能就會拒絕，但被說不適合就另當別論了。

雖然在打扮、品味方面不至於感興趣到會想去搜購名牌，卻也有抱持著跟一般大學生差不多的興趣。

被說不適合，對我的打擊是最大的。

看來這下子有必要認真考慮戒菸了。

「志乃原應該也不喜歡菸味吧。不喜歡菸味的女生滿多的喔。」

「不，我在家不會抽菸啦。應該沒有在志乃原面前抽過吧。」

「你說得簡直就像她一直都待在你家一樣呢。」

對於傻眼地這樣說的彩華，我在內心喃喃「她最近一直都在我家喔」。

「所以說，妳為什麼會這麼不開心啦？」

當我再次追問之後，彩華說著「還問啊？」便皺起了臉。

「你也真是不懂得放棄耶。沒幾個人會像你這樣不怕被我討厭地一直糾纏喔。」

「妳自己都那樣說了那就沒救啦。我就是很在意，這也沒轍吧。我跟妳都什麼關係了。」

認識都快四五年了。

雖然不是戀人之類的親密關係，即使如此，一樣有著特別的情誼吧。
彩華也認同這句話，像是放棄了一樣吐一口氣。
「因為就快期考了嘛，所以很煩躁啦。」
「咦？妳該不會這次考試很危險吧？」
「別說那種傻話了，跟平常一樣啊。不要拿我跟你比。」
「妳很多嘴耶！」
我一這麼吐嘈，彩華也才終於稍微笑了出來。
「要我告訴你也是可以，但我很想喝個那邊的自動販賣機的咖啡歐蕾呢。」
「喔，那又怎樣？」
彩華沒有回答。
只是一直看著那台自動販賣機。
「……我知道了啦。」
我心不甘情不願地拿出錢包，買了一瓶暖呼呼的咖啡歐蕾。
將伴隨著喀咚一聲掉下來的咖啡歐蕾扔出去之後，彩華慌慌張張地接了下來。
「真是的，不要突然丟過來嘛。」
「反正妳也接到了啊，又沒差。」

「哼。謝謝。」

彩華冷哼了一聲就打開拉環，咕嚕咕嚕地喝了起來。

像這樣灌著熱咖啡歐蕾的女大學生，構成了一個滑稽的畫面。

「有太多平常不來上課就要我出借筆記的傢伙。而且沒有任何回饋。」

彩華把一口氣喝完的咖啡歐蕾空罐丟進垃圾桶，總算說出了心情不好的理由。

「像是錢之類的嗎？」

我一邊說，同時覺得彩華應該不會有這種想法。果不其然，她朝我投了利箭一般刺人的視線。

「我才不要呢。至今大家也都跟我說過好幾次，但他們報的價位也不過五千圓左右。換算成時薪根本只有一點點而已。」

看樣子她一旦開始講起來，就打算抱怨個徹底，彩華脫口的話停不下來。

「再說了，既然要拜託人家，好歹拿個什麼等價交換吧。像是我請假時就幫我寫筆記之類的。那些廢物就是因為這樣才會人沒理啦。」

從這句話看來，彩華所指的那些人物應該都是男生吧。

就算想拒絕，也會因為表面上貫徹著八面玲瓏的性格而很難開口吧。

高中的時候，我對彩華的個性不太有八面玲瓏的印象，所以應該是上了大學之後才開始有這樣的煩惱。

但是，這有一個問題存在。

「我也花了一樣的時間在上課，為什麼要把筆記交給對我沒有任何好處的人啊？」

……我也是一直跟彩華借筆記的人。

說好聽一點是早上起不來，其實時不時就會因為過著自甘墮落生活而沒去上課。

每當這種時候我就會跟彩華借筆記，而且就算有去上課，也是彩華的筆記比較好懂。

但我幾乎沒有回饋過彩華口中的等價交換。

罪惡感一口氣湧了上來。

「……那個，雖然心裡明白，但實際被妳這樣一說，我也要好好反省了。抱歉。不，真的很對不起。」

看我這樣戒慎恐懼地道歉，彩華愣愣地眨了眨眼。

「沒關係啊。你的話我不會介意。」

「咦？」

不要突然道歉嘛──彩華笑著這麼說。

「為什麼我就沒關係啊？」

「天曉得。應該是借你筆記這件事本身就對我有好處吧。」

我想正確解讀這句話的意思，不禁乾咳了兩聲。

「什、什麼意思啊！」

「就是先有恩於你，之後就能使喚你的意思。」

彩華賊賊地笑了之後，就先走進教室了。

說這什麼惡劣的玩笑，我發誓以後再也不會請她吃飯了。

◇

◆

我念的大學就文學院來說，除了法律系之外，要拿到學分其實還算容易。

沒有那種超過八成的學生都會被當的課，通常有一半以上的學生都能拿到學分。

在我的認知當中，只要有去上課，之後只要規律念書就沒問題了。

然後今天的考試，是這個學期的最後一場。

我請彩華讓我影印了她整理得很漂亮的筆記，儘管考試範圍很大，還是熬夜念完了。

雖然是不能開書考的科目，多虧了徹夜念書的效果，不用太擔心會被當。

再二十分鐘就要開始考試了，但這樣應該沒必要拚命念到最後一刻。

我將桌上的東西收拾起來，只放了考試會用到的文具用品。

這時，我感覺到好像有人靠過來，便抬起了頭。

「請問可以坐你旁邊嗎？」

向我搭話的應該是跟我同年的學生吧。

「可以啊，請坐。」

沒見過的那個男學生對我稍微點頭致謝，就開始做起考試的準備。

高中的時候，就算是沒見過的人，只要覺得應該是同年的，講話就不會這麼客氣。

這也是進了大學之後有所改變的事情之一。

反正現在也沒事做，我環顧了一下周遭，只見彩華在反方向跟朋友互相提問複習。

因為她人在反方向，我沒辦法連她的表情都看得清楚。

就是因為跟她相處這麼久了，才有辦法光看動作就知道是她。

大學的教室有很多種，我現在人在的這間算是很大的教室。

構造是前後算來有十五排，左右算來有二十排，而每張並排的長桌可以容納三位學生。

雖然考試的時候會為了防止作弊而只坐兩位學生，但並不會有坐不下的問題。

教授一走進來，原本人聲嘈雜的教室就靜了下來，並開始發起考卷。

仔細盯著考卷背面透過來的文字，應該是沒有選擇題。

因為像是題目的文字只有分別列著兩行。

「唔呃……」

我在內心完全同意旁邊那個人發出的低吟。

只有兩題肯定就代表這些題目都是要人寫下相當詳細的申論才行。只是粗略記得大範圍概要的學生死定了。

隨著鐘聲響起，我也拿起了筆。

考試開始。

◇◆

「完了。」

第一題我是想辦法答完了。但第二題是以完全從我腦中消失的內容為主題，光是寫了四行就撐不下去了。

最少也要寫下二十行的申論卻只寫了四行。

假設題目是「請問這個寒假你做了什麼事情呢？請詳盡列舉出在這段時間你覺得最開心的事，以及吃到最好吃的東西」。

而我寫下的回答恐怕是「我今天打算要去咖啡廳」。

就連題目在問什麼都搞不太清楚的毀滅性程度。

也沒得指望部分答對的分數了。

看著明明從期考中解脫，卻陷入陰鬱氣氛中的我，彩華用傻眼的口氣說：

「呃，那個你沒答出來嗎？我有在筆記上標註出搞不好會出申論題的範圍吧。」

「啊哈哈哈。」

「……你、你還好嗎？」

彩華感覺有點退避三舍，但還是口頭關心了一下。

後來她像是稍微想了想，就拍了下手。

「對了，明天我們有一場慶祝考試結束的聚餐。你要不要一起來？你也很久沒有跟一大群人喝酒吃飯了吧。」

「……聚餐？喔～～確實自從沒去同好會之後，就沒參加過那種有很多人的了。」

聽了我的回應，彩華就拿出智慧型手機並滑了起來。

「好，我把活動的詳情傳給你了。反正是滿開放的同好會，只要喝了酒，你應該也能玩得開心吧。」

我都還沒有說要去，彩華的行動力也太強了。

但這次我有點興趣，就坦率地向她道謝。

「謝啦。」

「嗯。」

彩華簡短地回應過後，就大大伸了一個懶腰。

「不過啊，如此一來我們也暫時自由啦。就好好期待為期很長很長的春假吧。」

「也是，可以放兩個月呢。」

「就是說啊。我們同好會要一起去旅行，所以我也滿期待的。」

「妳有加入很多個同好會吧？是哪個同好會要去旅行啊？」

「戶外活動同好會喔。」

「哦，所以是要去爬山之類的嗎？」

「沒有耶，是要去泡溫泉吃螃蟹。」

「我想也是！」

光是聽到戶外活動同好會，應該很多人都會聯想到爬山之類的活動，但現實上來說大多都並非如此。

一大群人一起喝酒聚餐之類，或是進行一般觀光旅遊的同好會占了多數。

雖然每間大學都不太一樣，至少我這間大學有好幾個戶外活動同好會都是這種感覺。

有些同好會在加入時，還要填寫志願表並進行審核，所以我還記得大一的時候因此嚇了一跳。

「你最近還有去同好會嗎？」

「不，完全沒去了。」

但其實我也有加入籃球同好會。

要在大學中拓展人際關係，加入同好會是最快的方法。相對的，如果沒有加入同好會，想拓展人際關係可是難上加難。

「也差不多該去一下了吧？你不是還滿喜歡那個同好會的。」

「嗯，喜歡是喜歡啦。」

平常都在比賽，偶爾也會認真練習。

對我來說這樣的比例很剛好，而且也能適度紓壓，的確滿喜歡的。

但自從跟相坂禮奈分手之後，就沒再參加那個同好會了。也就是說，已經有兩個月左右沒去了。

這是因為禮奈也跟我認識的人有所往來。

剛被劈腿那時候，我很討厭被那些人追究起分手的原因。

但是，現在的精神狀態已經跟那個時候不一樣。

我也差不多該回到一如往常的生活了。

「……也是呢。差不多該去看看了。」

「嗯。反正也可以轉換一下心情，那樣比較好吧。」

彩華揚起微笑。

「那麼，我先走嘍。我要跟系上的朋友去吃飯。」

「喔，我知道了。」

彩華一邊對我揮揮手，就回去教室裡了。

應該是系上的朋友在那裡等她吧。

「……我也該去了吧。」

要是錯過考完試的這個時機，我覺得要重回同好會就會再需要一點時間。

我傳了「我會久違地去一下同好會喔！」這樣的訊息給朋友。

話說回來，雖然我有見過彩華的朋友，但沒有跟他們一起吃過飯。

見到面會稍微聊一下，所以只要想跟他們一起吃飯應該也可以，但現況就是沒有那樣的契機。

彩華恐怕沒有那麼想讓我加入那個小團體一起玩吧。

只要彩華想，應該早就至少約過我一次了。畢竟聯誼或是同好會的聚餐，她都會立刻約我一起參加。

那個小團體的人，是不是知道我所不曉得的彩華的另一面呢？
我不知道她有沒有那樣的一面。
只是，我從來沒有聽過彩華在高中跟我認識之前的事情。
雖然想知道，但那更是沒有一個契機就無從得知。
就算若無其事地問及本人，也很常被敷衍過去。
正當我想著這些事情時，口袋傳來了智慧型手機的震動。
是志乃原傳來的ＬＩＮＥ訊息。
『考試辛苦了！你現在在哪裡呢～～？』
時機真不巧啊。
既然久違地決定要去同好會了，如果是要約我出去玩，那也只好回絕。
接著顯示出志乃原的來電畫面。
我猶豫了一下還是接了起來。
『學長，考試辛苦了！』
「喔，嗯，謝謝。不好意思，但今天沒辦法約喔。」
『咦？為什麼？』
「今天我久違地要去同好會啦。今天就放過我吧。」

『什麼～～那就算只有陪我吃午餐也可以喔。我才剛拒絕別人的午餐邀約而已，所以一直到傍晚都很閒耶。』

是因為打算跟我吃午餐，才會拒絕別人的邀約嗎？

如果是那樣的話，好像對她有點不好意思。思及此，我趕緊止住這樣的想法。

「不，那是妳自己的計畫吧。」

『對，是我自己的計畫。而且因為學長很溫柔，這種時候就會陪我。』

「什麼跟什麼。」

『你知道嗎？人類在被別人稱讚溫柔的時候，就真的會很溫柔喔。』

「是喔，那看來我應該不是人類吧。再見。」

『等、等一下啦，我會請客就是了！』

對於志乃原急忙為了阻止我掛電話而說出口的這句說服的話，我不禁感到動搖。

雖然是老話重提，但獨自外宿的學生，就算回到家等再久也不會有人端出飯來。

不是自己下廚，就是在外面餐廳吃飯，不然也只能買便當之類的回家。

因為我不會煮飯，所以只剩下花費比較高的選項。

也就是說，如果可以省下餐費，對我來講還滿有吸引力的。

就算那個方法是讓年紀比我小的女生請客也一樣。

「真拿妳沒辦法耶，我去就是了啦。約在大學的自助餐廳前面喔。」

『呵呵，真好拐呢。』

說完這一句她就立刻掛掉電話。

這讓我一瞬間認真想說要不要放她鴿子逕自走人。

◇◆

「學長～～這邊！」

我環顧四周，就看見大大揮著手的志乃原。

只要看到走過去的學生們都不禁朝志乃原撇上一眼，就能知道她很引人注目。

發現一群男生一看到志乃原就連忙討論起來的樣子，我不禁稍微嘆了一口氣。

光是因為長得可愛就已經夠引人注目了，真希望她別在有很多不認識的人聚集的地方這樣大聲疾呼。

也替接著要跟她會合的我著想一下吧。

「喔。」

我一回應了志乃原，那群男生像是失望地說著「果然先跟人有約了啊～～」就走了。

跟我猜的一樣，他們應該是在討論要不要約志乃原吃午餐。

也不知道志乃原是沒有注意到他們，還是注意到了卻選擇無視。

「考試辛苦了！」

「妳也太High了吧。」

「不如說，學長為什麼情緒會這麼低落啊？考試都結束了耶。」

看著不知道我的狀況，態度就跟平常一樣的志乃原，讓我很想對她抱怨個兩句。

「就是考完才會累啦。」

聽了我的回應，志乃原氣得鼓起了雙頰。

「學長～～明明是女生主動約你吃飯，你卻好像嫌麻煩，也太奢侈了吧。」

志乃原再補上「更何況對象是我耶」這麼一句多餘的話，靠過來看著我的反應。

感覺就是想說「能跟我待在一起很幸福喔」，並等著鬧我的那種表情，跟彩華很像。

但因為她們兩個人關係好像不太好，我就沒有說出口。

「想睡覺的時候就算是男人也High不起來啦。」

「是這樣嗎～～」

還是一臉不滿的志乃原，一邊嘟著嘴走在我前面一點的地方。

之前我就覺得志乃原的每一個表情都會搔弄男人的心。

雖然不確定她本人是有意還是無心，但元坂應該也是被這種小心機的舉止給迷住了吧。

聖誕節的時候就聽她說過在交到元坂這個試用男友之前，向她告白的男生絡繹不絕。

將眾多男人玩弄於股掌間，並將他們一個個擊落。一想到那些沉沒的屍骸，我和志乃原相處時就會不禁想劃清一條界線。

雖然志乃原那般積極的個性不容許我這樣做，因此從來沒有表現出來就是了。

現在，那個志乃原好像正在用智慧型手機查詢大學附近的餐廳。

雖然大學裡面也有餐廳跟咖啡廳，但因為便宜所以人潮也多。如果想要好好吃頓飯，還是去一般外面的餐廳比較好。我記得以前志乃原這樣說過。

但在去吃飯之前，還有一個要跨越的難關。

「志乃原，我還不餓耶。」

多虧為了準備考試而幾乎沒有睡的關係，今天早上我的時間很充裕。

也因此早餐吃得比平常還多，我的胃似乎還沒準備好要接納午餐。

「那該怎麼辦呢？要先找好想吃的店，然後在那間店附近走走嗎？」

「我還是希望妳可以現在就讓我去同好會耶！」

「不可以啦，這樣我空閒的時間要怎麼填補才好啊？」

才這麼一說，志乃原的臉就亮了起來。

這讓我有種不祥的預感。

「那我跟你一起去同好會就好啦！」

「妳這笨蛋不要跟來！」

同好會的好處就在於不像社團那麼有拘束感。當然，越久沒去就會越難以參加，但只要有架構起一定程度的人際關係，那也不是太大的問題。

也就是說，要是我帶志乃原過去，同好會的成員們不只不會覺得討厭，反而還會開心。

但是我正要去的籃球同好會「start」，是自從跟柏坂禮奈分手之後就沒再露臉的地方。

事隔許久來參加活動卻帶著女伴一起，感覺也會有點尷尬。

不只是我，也會讓朋友有所顧慮。

然而我的這些煩惱似乎沒辦法傳達給志乃原。

「好期待看到學長打籃球的樣子喔～～究竟會展現出什麼樣的球技呢？」

「拜託妳不要期待看到我有什麼球技。我可沒辦法打出什麼精彩好球喔。」

這麼說完，我就做好覺悟了。

比起拒絕她，直接讓她來看比賽才省得麻煩。

我只能在內心祈禱，希望不要產生什麼奇怪的誤會就好。

◇◆

「抱歉啦，還要跟你借練習用的球衣。」

被不習慣的味道包覆著的我，向在身旁綁著球鞋鞋帶的朋友這麼說。

把頭髮染成暗灰色的藤堂真斗，對我回了一句「沒差啦」。

藤堂是我在其他同好會的迎新上認識的朋友。

既是在我剛上大學那時候就交到的朋友，我會開始抽菸也受到藤堂的影響。

他個性沉著，相處起來很輕鬆。

「你很久沒有來體育館了呢。是被女朋友甩了那時至今吧？」

「我那才不算是被甩呢。」

聽我這麼解釋，藤堂咯咯笑了起來。

「你那是什麼自尊心啊。雖然你那種心情我也不是不能理解啦。」

「我不就說了是她劈腿。光是這樣就已經夠遜了，你就依事實當作是我提分手的吧。」

雖然我不覺得被甩是一件很遜的事情，但男人被戴綠帽之後被甩又是另一回事。

儘管這也是因人而異，至少對我來說是傷透了自尊心。

不過藤堂只是一邊伸展著身體……

「劈腿的人才比較遜吧。可以趁早跟會劈腿的那種人分手也很好啊。」

並這麼說。

「也是啦，要是被瞞在鼓裡繼續交往下去，那才更是悲慘。」

「對吧。」

藤堂咧嘴笑了開來，並拿起了籃球。

五官端正的藤堂當然很受歡迎。

但他似乎對交往兩年的女朋友很專情，不會四處去跟其他女生玩。

對我來說，很喜歡跟藤堂相處的時間。

「你那雙球鞋的尺寸沒問題嗎？」

藤堂看向我穿的球鞋。

這雙球鞋是同好會出借的，因此尺寸有點大。

但只要把鞋帶綁緊，打球時應該就不會受影響了吧。

「沒問題啦。有點土氣就是了。」

「喂喂喂，你區區一個拖欠同好會費的傢伙是在抱怨什麼啊。肯借你就該感激了。」

「啊～～這雙球鞋是用會費買的啊。」

「就是啊，這可是從我們身上搾取的血稅耶。珍惜著用啊。」

「是～～小的知道了。」

我的這句回應讓藤堂笑得開懷，並用手指抵著籃球一圈一圈轉個不停。

「話說回來，站在門口的那個女生是誰啊？好像一直盯著這裡看耶。」

隨著藤堂的視線看去，只見一直偷看著體育館的志乃原就在那裡。

其他同好會成員都一直偷瞄著志乃原，擺明就是很引人注目。

一跟她對上眼，志乃原就不斷跳著並朝我這邊揮手。

其他成員一朝著她揮手的方向看，並發現我人就在那裡時，大家都露出驚訝的表情。

「糟了，這麼說來我把她帶來了。」

「你的新女友嗎？」

「怎麼可能啊。」

「也是呢，我也不覺得你馬上就會想交新的女朋友。」

藤堂像是看透我一般瞇細了眼。

我找不到可以回嘴的話，索性保持沉默。

也不是完全不想交女朋友。

但我也無法否認自己對於戀愛變得有些沒自信。

要是對方又劈腿的話……

我已經不想再體驗到，會不禁覺得交往的那段時間全是白費功夫的心情了。

就這點來說，藤堂確實是說中了。

「那你跟彩華同學之間怎麼了？」

「不，我跟那傢伙就不是那種關係嘛。另當別論。」

我這麼一說，藤堂手上一直轉著的球就滾到體育館的角落去了。

「悠，雖然你總是這樣講，但我還是不懂你的那種邏輯耶。明明跟那麼漂亮的人這麼要好，真虧你不會喜歡上人家。」

「講是這樣講，但就算身邊有很可愛的女性朋友，你也不會喜歡上對方吧。」

「因為我有女朋友了啊。但悠現在是單身嘛。」

藤堂把手搭在我的肩上，重新看向志乃原那邊。

「不過她真的超可愛的耶。你打工的地方也沒有那麼可愛的學妹吧。是怎麼認識的啊？聯誼嗎？」

面對他這個問題，我稍微想了一下之後答道：

「……因為撞到了聖誕老人。」

「什麼？」

拋下發愣的藤堂，我朝著前聖誕老人的方向跑去。
明明熬夜了一整晚，身體卻意外輕盈。

第7話 同好會活動

我一靠近人在體育館門口等我的志乃原，她就開心地跳了起來。

「總覺得體育館的氣味很棒呢，讓人雀躍了起來。」

身邊的同好會成員們都很感興趣地旁觀著。

很會打籃球的男生也會刻意用比平常還要搶眼的招式投籃，大家明顯都很在意志乃原。

志乃原的存在感強烈到只是站在她旁邊就會覺得坐立難安。雖然她本人只是在那邊跳來跳去的而已。

大廳有個可以通往二樓的樓梯。

就帶她去那邊，讓志乃原上到二樓好了。

當我朝著樓梯的方向跨步前進之後，志乃原乖乖地小步小步跟上來。

「要帶我去哪裡呢？」

「二樓。」

我這麼一說，就被她扯了一下袖子。

回過頭，只見志乃原用不滿的神情抬頭看著我。

「從那邊看也太遠了吧。我想在近一點的地方看比賽耶。不行嗎？」

看來她似乎已經發現了二樓座位區。

「start」在活動時所借的體育館是市營的，球場和大學的體育館差不多寬敞。

在二樓座位區可以看遍整個球場是市營體育館的強項，應該最適合用於觀看比賽才是。

分明如此卻還是感到不滿的志乃原，讓我在心中感到不解。

「一樓幾乎沒有什麼可以看比賽的區域，而且要是球飛過去會很危險喔。」

「但是，在那裡看很有魄力啊。籃球比賽就是要就近觀看吧。」

儘管嘴上這麼說，志乃原的視線卻飄往另一個方向。

一看就知道她在說謊。不如說，她也沒有要隱瞞。

「還有什麼其他的理由嗎？」

我這麼一問，志乃原一瞬間露出在生悶氣的表情，並嘆了一口氣。

「……這樣很寂寞啊。」

「啊？」

「我一個人被丟去二樓座位區很寂寞啊！不管任何事情，我就是很討厭自己一個人行動啦！」

「妳這傢伙是國中時的我喔！」

「隨便你怎麼講！」

志乃原哼了一聲轉過頭去。

對於眼前這副光景，我不禁感到傻眼。

身上穿著流行的雙排釦綁帶風衣，也很細心保養頭髮的超可愛女大學生。

雖然外表看起來是這樣，其實內心抱持著很多純粹的地方。

「既然如此，妳也一起參加吧。除了人賽當天以外，就算擅自參加也沒問題。」

「start」在規定上寬鬆到連沒有經驗的人也可以參加。

不但有在出借女生的練習用球衣，迎新的時候「start」的賣點就是連初學者也能盡興，所以應該沒什麼問題。

然而對於我的提案，志乃原的臉沉了下來。

「嗯？怎麼了，妳喜歡籃球吧？」

「嗯，是啦。是沒錯啦。」

看著回答含糊其辭的志乃原，我也能察覺出她興致缺缺。

就算一樣是籃球，在旁邊觀戰跟實際下場打還是兩回事。仔細想想也確實如此。

如此一來，也不能隨便找她來打球。

於是我總歸出順著志乃原說的讓她回到一樓觀賽，對我們來說都比較好的這個結論。球場旁邊也有一塊區域。雖然還有其他同好會成員在怕會有些尷尬，但如果是志乃原應該不用擔心吧。

「我知道了啦，妳就在一樓看吧。可別因為飛過去的球而受傷了喔。」

我這麼一說，志乃原的表情就亮了起來，說著「謝謝學長！」低頭道謝。

又不是特別幫她做了什麼安排，她卻像這樣低頭道謝，更是讓我覺得害臊。

「不用這樣啦。」

「嘿嘿嘿。」

看著感覺很開心的志乃原，我也跟著揚起微笑。

還是國高中生的時候，我也覺得所有要自己一個人行動的事情都很痛苦。

所以總是和朋友聊天玩耍。

不過是跟合得來的夥伴待在一起就覺得很開心，相反的，獨自一人的時候，就連要怎麼打發時間都不曉得。

然而變成大學生之後，感受力自然而然也會改變。

現在甚至可以自己去卡拉ＯＫ唱歌，還是國高中生那時就沒辦法。

因為會覺得丟臉。

不想被其他人看到，也不知道店員對於我自己一個人過來會怎麼想。

那個時候的我，還有著那種像是被許多不認識的人監視著的感覺。

但那也有所改變了。

走在路上或是打工的時候，我對於跟自己擦身而過的他人抱持關心的頻率變少了，就算有所在意，那種想法也不會持續多久。

總有一天，當發現了並不是只有自己抱持著那種想法，而是大多數人都一樣的時候，那般像被監視著的感覺就會消失得一乾二淨。

只要有點屬於自己的時間，自然就會發現吧。

志乃原的感受力總有一天應該也會漸漸改變。

「妳還真的是比我小呢。」

我當然很清楚志乃原比我小。

但可以重新體認到這個事實的機會並不多。

對於我這番不經意脫口的話，志乃原有些不滿地回應道：

「咦？什麼意思啊？難道我看起來很老嗎？」

「哈哈哈，我不是這個意思啦。」

覺得她這個反應很有趣的我，順勢伸手輕拍了她的頭，這時志乃原發出「咿呀！」一聲拔高的驚呼。

在這個瞬間，我回想起志乃原對待元坂的態度。聖誕節那天，志乃原無情地揮開了元坂的手。

我馬上收回手，說著「抱歉」向她道歉。

「咦？」

雖然志乃原一時露出不明就裡的表情，後來似乎有想通，就滿不在乎地笑了。

「沒關係，是學長的話就可以。」

「是、是喔。那就好。」

「啊哈，學長真可愛。」

「少囉嗦。」

我總覺得自己的臉開始紅了起來，於是在被發現之前就轉身背對了志乃原。

能想像到她滿意地揚起嘴角的表情。

我發現自己似乎第一次上了她那種小惡魔般態度的當。

我就這樣頭也不回地回到球場上，藤堂便從出入口的地方現身了。

他兩手拿著應該是直到剛才還穿著的球鞋。

「喂，你們兩個是怎麼啦？」

「喔，志乃原好像想在一樓看比賽。應該可以吧？」

我這麼一問，藤堂稍微看了一眼志乃原，便點了點頭。

「這點小事，完全沒問題啊。不如說靠近一點大家還會比較高興吧。」

「非常感謝！」

志乃原很有精神地道謝。對於這樣低頭的志乃原，藤堂揮了揮手作為回應。

「沒什麼啦，沒什麼。機會難得嘛……對了，妳叫志乃原吧。來這邊一下。」

「怎麼了嗎？」

好像想到什麼點子的藤堂，把志乃原叫了過去。

我也打算跟在志乃原身後一起走，卻被藤堂阻止了。

「你就自己在這邊練習一下。麻煩死了。」

「麻煩是怎樣啦！」

「啊哈哈，原來學長是麻煩的角色設定啊！」

對於我的吐嘈，志乃原開懷地笑了。

我壓根不記得自己有變成麻煩角色的設定，但有讓氣氛和樂融融起來那就算了。

如果是藤堂，我也相信他不會做出什麼壞事。

於是我離開了他們兩個，進到體育館的球場內。

令人懷念的止滑蠟氣味迎面撲來。

◇◆

我所屬的同好會「start」的活動時間幾乎都分配給比賽了。

之所以沒有被練習時間占據，是因為沒有大型的目標。

硬要舉出一個目標的話，頂多只是在大學內的籃球同好會競賽之中贏得勝利，確保聚餐或是集訓的資金而已。

只是想運動一下身體，只是想開心地打打籃球。

因為聚集了一群有著這種想法的人，會變成以比賽作為活動中心主旨，也可以說是必然吧。

我當然也是其中一人。

我打從一開始就沒有想要在大學加入社團。憧憬大學校園生活的我，覺得要投注很多時間的社團活動只是一種枷鎖。

然而對於國高中都隸屬籃球社的我來說，也不想讓至今累積起來的東西都化為烏有。雖然不全是開心的回憶，但正因為有過那段時光，才會有現在的我。

這麼一想，在各社團及同好會邀請新生的時期，我的雙腳很自然就走向籃球同好會了。

一邊回想起這段過去，我輕輕拍了一下球。

從地板反彈回來的球，像是被我的掌心吸上來一樣抓得剛剛好。

我相當喜歡那種就算離開了我的手，還是可以回到自己所想的地方的感覺。

當我久違地感受著一拍一拍地運球時那粗糙球面傳來的觸感，就看見三年級的學生靠過來的身影。

我暫時中斷了運球，露出了笑容。

「好久不見耶～～過得好嗎？」

「過得很好。各位也好久不見了。」

被這樣搭話之後，我也回以不知道是今天第幾次說出口的對話。

果然事隔許久再來參加活動，就會被大家這樣問候。不知道是不是大家都知道我跟女朋友分手的事情，偶爾會有人提及「聽說你跟女朋友分手了啊！」但也不會覺得不開心。

要由自己說出已經分手的事情，負擔或許還比較重。

將原本抓在右手的球射向籃框，球就呈現漂亮的拋物線並晃動了網子。投出沒有擦框直接進籃的空心球的瞬間，就算成了大學生，還是覺得很痛快。

「投得漂亮！」

聽到這聲讚賞的同時，我的視線也暗了下來。

「唔喔！」

扯下從背後纏上的毛巾並回過頭，果不其然見到志乃原把手扠在腰上站在眼前。

她身上的服裝從便服變成了運動服。

「……為什麼穿了運動服？」

我這麼一說，志乃原得意地哼笑一聲。

「學長，你知道在運動類型男生最憧憬跟女生之間的情景排行榜之中，名列前茅的是什麼嗎？提示是英文開頭為M！」

「櫥窗模特兒（Mannequin）跟網美照。」

「才不是呢，那是怎樣的情景啊！」

志乃原發出不滿的聲音，撿起滾到一旁的球，用雙手捧著遞給我。

「答案是什麼？」

「答案是有可愛經理（Manager）在的社團活動。請你人生整個重來一下吧。」

「只不過是答錯而已，也太狠了。」

我拿著球熟悉了一下手感之後，就再次投籃。這次也是沒有發出其他聲音，像是直接被籃網吸了進去一般。

「學長是不是其實很厲害啊？」

「只是剛好手感不錯而已。」

實際上，長達兩個月的空窗期讓投籃的手感變得生疏很多。剛才的空心球也只是碰巧。

壓抑著久違的投籃而湧上的情感，我向志乃原問道：

「藤堂要妳當經理嗎？」

「嗯——與其說是要我這樣做，應該說是給了我幾個選項吧。」

「什麼啊？」

志乃原再次撿起籃球，她這次是用生硬的動作一下一下拍起了球。我們一邊走到籃框底下，志乃原便答道：

「他說我只是在旁邊觀摩應該也很無聊，就讓我進去經理室了。這還是我第一次當經理呢。」

「哦，可別礙事喔。」

「太狠了！」

隨著這句話，志乃原併用了雙手射籃。但投籃姿勢真的是亂七八糟。

因為遠在跳躍到最高點之前就將球投出去了，因此球是朝著籃框　直線飛去。

打到籃框正下方的球，就這麼反彈直接擊中了志乃原的臉。

「噗！」

志乃原發出了我平常從來沒有聽過的悶聲低吟。

……力道還滿強的。

看她蹲下來抖個不停的樣子，我想說關心她一下就走了過去，結果志乃原立刻抬起臉。

果不其然，鼻頭已經發紅了。

「學長！」

「怎樣啦？」

「我討厭籃球！」

「誰管妳啊！」

她不太會打球的事實，透過剛才投的這一球已經非常明顯了。雖然我參加的這個同好會，整體氣氛是連初學者也很歡迎，但不管怎麼說，到了冬天也沒有半個初學者了。

我之前雖想著讓她混進比賽中好像也可以，但讓她當經理，不管對同好會還是對志乃原本人來講，應該都是最佳選擇吧。

「拉我起來～～」

只見她伸出雙手拜託我。

逼不得已，我想說只拉她單手於是抓住了上臂，然而傳來了比想像中柔軟的觸感。

「變態～～」

「說什麼傻話。」

一口否定了志乃原的話，我使勁將她一把拉起來。

雖然有點重心不穩還是站了起來的志乃原，揉了揉剛才我抓的地方。

「我都伸出雙手了，沒想到會被抓手臂。學長很奇怪呢。」

「抓妳的手感覺有點下流嘛。」

「我覺得抓上臂更是下流百倍喔。不過是沒差啦。」

志乃原捲起運動服的袖子，並拿起套在手臂上的髮圈。

她將柔順的頭髮扎成馬尾之後，用髮圈繞了繞。收成一束的頭髮輕柔掠過我的鼻尖。

「如何呀？」

「很可愛很可愛。」

我這麼說完，就走向收著許多球的籃子那邊。

「咦，等等！感想只有這樣嗎！」

沒去搭理從後方傳來的小惡魔的聲音，我從堆積起來的球當中拿了一個。

……那傢伙，光是把頭髮綁起來，整個人的印象就不一樣了。

突然覺得看起來變得成熟，絕對是髮型的關係吧。

身為異性的我，第一次覺得一瞬間就能改變自己給人印象的容貌，實在滿狡猾的。
我覺得自己有點明白男人會被那個小惡魔攻陷的理由了。
這時，通知暖身時間結束的哨聲響遍了體育館。

◇◆

男子組跟女子組的比賽是輪流進行。
同好會的活動時間就快結束了，接下來只剩下女子組的比賽而已。
女子組的比賽才剛開始，我則是伸長了因為疲勞而顯得沉重的腿，在一旁休息。
變得比平常還要沉重的腳，讓我感受到衰退。
雖然還年輕，但不過幾個月沒有認真運動，身體就變得如此沉重。
這樣看來，出社會之後會更可怕。老化的現象已經開始。
當我想著這種事情時，不知道從哪裡飛來一罐寶特瓶，撞到我的大腿，發出咚的一聲。
「給你喝。」
藤堂指著滾過來的那個寶特瓶這麼說。
我看了一下，那寶特瓶是還沒開過的運動飲料。

應該是到大廳的自動販賣機買的吧。

「喔喔，謝啦。」

他用寶特瓶丟我的事情一瞬間就放水流，我坦率地向他道謝。

藤堂一邊擦著汗就坐到我旁邊來。

「你女朋友超受歡迎的呢。」

「就說了她不是我的女朋友啊。」

我苦笑地這麼回應之後，藤堂揚起了嘴角。

「天曉得。」

我看向志乃原那邊，她正在發飲料給同好會成員。平常總是冷冷清清的飲水區，今天主要是男生們都聚了過去，顯得很是熱鬧。

儘管缺乏作為經理的籃球知識，但以能讓男生的士氣提昇這點看來，是不是讓志乃原待在這個同好會比較好呢？

「但這也不可能吧。」

「什麼不可能？」

藤堂停下了正要喝運動飲料的手，歪過頭問我。

「沒有啦，就是我覺得志乃原應該不會來擔任經理吧。」

「那當然啊，原本只是單純來參觀，突然參加活動已經很厲害了。明明也沒有什麼特別的目的呢。」

「……我倒是覺得她有消磨時間這個目的啊。」

最近跟她一起行動的時間之所以變多，我想對志乃原來說只不過是在消磨時間而已。

正因為我可以分得很清楚，那傢伙才會放心地跑來我家。

藤堂聽我這麼說了之後，大笑了起來。

「只是為了消磨時間就能拿出那樣的行動力，也很不得了啊。」

「我也覺得。」

「悠，你也學學人家吧。情緒高昂一點啊。」

很常有人對我這麼說。

我確實沒有像志乃原那樣滿滿的活力，也沒辦法像彩華一樣能在面對不同人時，做出最適當應對的社交能力。

「很可惜的，我還是覺得保持自己的本性最輕鬆啊。」

但我也完全沒有想要改變現在這樣的自己。

聽我這樣講，藤堂輕輕拍了拍我的肩膀。

「我想也是。這下子我也放心了，看來你回到原本的自己了呢。」

對於藤堂這番話，我稍微揚起了嘴角。

籃球在體育館內響起的回音著實令人懷念，這也讓我細細品味了一段時間。

第8話　電話

抵達很有復古風格的咖啡廳之後，志乃原坐上了內側的餐椅。

深褐色的餐椅輕輕發出吱嘎聲，當我坐下去的時候，又發出了稍微再大一點的聲響。

不知道是不是錯覺，將風衣掛上衣架的志乃原看起來好像有點累的樣子，讓我不禁脫口出一點也不像自己會說的話。

「我請妳啦。」

「咦？不用啊。」

露出呆愣表情的志乃原拒絕了。

看她想也沒想就拒絕，反而讓我覺得有些不爽。

「我就偏要請。」

「為什麼啊？再說了，之前就說好今天是我請了吧。」

志乃原甚至做出有些退避三舍的反應。

換作是我，只要有人說要請客，就什麼都不會想地欣然接受，但看樣子志乃原不這麼認為。

「平安夜那天之類的，妳明明就很坦率地讓我請了，為什麼不要啊？」

「你幹嘛竄改記憶啊，那天出錢的是我耶。」

聽她這麼說，我才想到她僱用我來給元坂還以顏色的事情。似乎是我的頭腦為了守住作為學長的尊嚴，擅自竄改了這段記憶的樣子。

或許莫名想請她吃東西，就是為了重拾那份無謂的尊嚴，而下意識衝動做出的舉止。

不過，怎樣都好啦。

「突然要妳參加同好會的活動，還做了經理之類的事，應該讓妳很累了吧。是要慰勞妳啦，慰勞。」

聽到慰勞兩字，志乃原說著「原、原來如此」，感覺能接受這個說法。好像只要有個理由，她就會乖乖被請客的樣子。

「既然是這樣，那我就滿心感激地給你招待嘍。不過，感覺很開心地在打籃球的學長滿可愛的，真的讓我度過一段充實的時間喔。」

「妳如果換成『滿帥氣的』我應該會比較開心吧。」

對於我的回答，志乃原嘟起嘴說著：「咦～～」

「女生稱讚男生可愛，就是代表分數給得很高的證據耶。」

「是是是。」

「你那是什麼反應嘛～～！」

志乃原用雙手從我手中搶走菜單。

我剛才沒有想過那樣嗆她，會不會提高她點些很貴的午餐的風險，還想說這下糟了。

不過那只是杞人憂天，只見店員端上桌的盡是對我的錢包很溫柔的餐點。

在我們一邊閒聊，大概吃了一半以上的時候，我向她道歉了。

「總覺得很抱歉耶，妳是不是在顧慮我的錢包？」

「沒有啊，我就是想吃這個。」

「是喔。」

「就是。」

志乃原點了點頭，就捲動著叉子，將義大利麵送入口中。

這個學妹分明平常說話那麼囂張，卻也有著懂得顧慮他人的心。

所以我才不會在乎她平常那麼囂張的語氣，甚至還會覺得滿自在的吧。

雖然跟志乃原只相處了兩個月左右，看來我還滿喜歡跟她這樣的關係。

「啊～～不過今天真令人懷念呢。讓我回想起了以前還在籃球社那時的事情。」

「咦？妳以前是籃球社的喔？」

我不禁愣了一愣。

既然如此，那她的技巧還真是糟透了。

「你現在正在想『既然如此～』之類的對吧。我以前還滿厲害的喔！」

志乃原像是要表達我這樣想讓她很意外一樣，表情傳達出了滿腔的不滿。

「……話是這麼說，但跟彩華學姊比起來遜色很多就是了呢。」

「彩華？那傢伙也有參加過社團啊？」

「咦？你不知道嗎？」

「與其說是知不知道……」

高中的時候，彩華是回家社。她的理由是「要壓縮自己的時間很討厭」，所以聽說她國中的時候也沒有加入社團。

我對此也從來沒有抱持過疑問，現在這樣從志乃原口中聽說了事實，甚至還覺得半信半疑。

「哦——彩華學姊果然沒有說啊。」

志乃原一瞬露出了冰冷的表情，讓我不禁問道：

「『果然』是什麼意思？」

「沒有什麼意思～」

志乃原展現出這樣也好的感覺，看起來毫不在乎，接著就出聲叫來了店員。
我所不知道，但志乃原知道的，彩華的過去。
雖然滿想問清楚的，但店員已經走到桌邊，我也噤了聲。
「請問要點什麼呢？」
「我要點抹茶歐蕾跟起司蛋糕！學長要點什麼嗎？」
話題完全改變了，應該說，是被轉開了。
雖然不知道在這當中是不是還有什麼意圖，但至少讓我知道她不想現在這個場合說。
反正以前的事情，只要去問彩華本人就行了。
我放棄了這件事，決定陪她吃甜點。
「那我要點一杯冰的咖啡歐蕾。」
「好的。」
店員稍微點頭示意，就轉身離去。
那身制服雖然設計簡單，不過跟店內的氛圍很相襯，整體看起來很有品味。
這也讓人很明白，咖啡廳之所以常被女大學生選作打工地點的理由。
「會去做聖誕老人的打工，還比較少見呢。」
「因為聖誕老人很可愛嘛。而且季節感超群。」

跟我一樣看著店員背影的志乃原，用可愛的聲音這麼說。

的確，也因那時候是接近聖誕節的時期，而且志乃原搶眼到任何人都會注目。一個能將那麼引人注目的聖誕老人裝扮當作打工的女大學生，我怎麼樣也聯想不到她成為咖啡廳店員的模樣。

雖然以志乃原的容貌來說，無論她做怎樣的打扮應該都很適合就是了。

「是說，你真的很喜歡喝咖啡歐蕾呢。總覺得學長就會喝黑咖啡之類的，一開始知道的時候滿意外的。」

這算是稱讚嗎？我也覺得黑咖啡有種成熟大人的印象，所以聽她這樣說並不覺得排斥。

「但也沒轍，我還沒辦法喝那個。就不好喝啊。」

「這就是要你裝成熟喝下去的意思啊。因為學長雖然成年了，但還滿孩子氣的嘛。」

「誰、誰孩子氣了啊！」

跟我所想的相反，她完全沒有在稱讚我。不僅沒有稱讚，還幾乎是在貶低。

「很可惜的，我的錢包才沒有寬裕到可以為了裝成熟而付錢。」

志乃原感覺接受了這樣的回答，說著「因為沒錢，所以也有這樣的選擇啊」，並點了點頭。

實在是有夠沒禮貌。

說著這種話的志乃原，一身打扮看起來就是錢包很寬裕的樣子。

掛在衣架上的米色雙排釦風衣感覺就很貴，脫掉風衣之後露出來的黑色高領加上纖細項鍊這樣的搭配，看起來也很花錢。

「反而是妳為什麼會那麼有錢啊？」

我自己也覺得這是很沒禮貌的提問，但志乃原完全沒有露出厭惡的表情答道：

「因為我打工的班排滿多的啊。而且聖誕老人也是另外兼差的。」

「也是呢。我也多排一點班好了。」

說到我，現在一星期只有一兩天要打工而已。

一星期排一兩天班，以沒有參加社團活動的文組大學生來說算是很少了。

在跟相坂禮奈交往的時候一星期排了五天班，相對的也存了不少錢。

現在是一邊花用當時的存款度日，但也差不多快用光了。

然而看我猶豫的樣子，志乃原露出無法接受的表情。

「要是學長遲遲不回家的天數增加了，我會很無聊耶。」

「我說啊，一星期跑來我家三四天的人才有問題吧。好歹也讓我打工一下。」

「反正我有在當髮模，所以在經濟層面要依賴我也沒關係喔。不過是吃飯錢，我就幫你出吧？」

我還在想是要言及髮型模特兒，還是她引誘我變成小白臉的事情，結果從我口中說出的話是對於前者的提問。

畢竟一般大學生跟髮型模特兒一詞牽扯不上什麼關係。

「當髮模有賺嗎？」

「雖然也是因人而異，不過我的話，一個月一次可以拿個四萬左右。還滿好賺的喔。」

「什——」

也就是說，跟一般的打工比起來，她賺的錢是我的好幾倍。

說真的，我都覺得頭暈目眩了。

即使如此，我也不會想要她幫我出錢就是。

要是被身邊的人發現，那才真的很不得了。

「不，不不不。再也沒有比讓年紀較小的女生幫自己出錢還更沒出息的事了。」

「很好，這才是學長嘛。」

聽見她這個回答，我傻眼地張大了嘴。

「……妳在測試我喔，有夠差勁！」

「我、我又沒想到你會當真！」

志乃原將叉子放在盤子上，用紙巾擦了擦嘴角。

「真拿你沒轍呢，今天就特別由我出錢買菜，做飯給你吃吧。我會拿出真本事喔。」

看著志乃原故意握拳擠出上臂肌肉，我不禁皺起臉。

我那樣的表情似乎格外滑稽，志乃原不禁噴笑了出來。

「所以說，今天晚上你想吃什麼呢？」

一被這麼問，我不禁環手抱胸。

志乃原的廚藝相當厲害，說真的，其實煮什麼都可以。

不過這對於下廚的人來說，肯定是最不知道該如何應對的回答。

所以我就說了第一個在腦海中浮現的東西。

「提拉米蘇。」

「為什麼是飯後甜點啊？」

「不行嗎？」

「不，也不是不行啦。那就一起去買材料吧。」

這麼說著，志乃原站起身來。

「妳就先到外面等著吧。」

「好喔。多謝招待，學長。」

志乃原對我低頭道謝之後，就先走出店外了。

一邊心心念念著提拉米蘇，我在櫃檯完成了結帳。

◇◆

志乃原回去之後，我就開始清洗兩人份的碗盤。
唇邊還留著提拉米蘇的甜味。
飯後甜點的提拉米蘇非常好吃。
我喜歡那種帶有剛剛好的苦味，不過還是甜味比較重的東西。
不知道是不是從我在咖啡廳點的餐當中看穿了這一點，志乃原做的提拉米蘇非常合我的胃口。
再加上待在開了暖氣的房間裡吃東西的那種莫名背德感，讓我覺得這肯定是在我最近吃的東西當中名列前茅的美味。
現在的時間是晚上八點。
也因為志乃原滿早就回去了，整天下來要做的事情都進行得比平常還要順利。
如此一來，在睡覺之前應該還有滿長一段可以自由運用的時間。
雖然跟志乃原待在一起的時間也滿開心的，但我還是喜歡獨處的時間。

再加上也考完試了，洗完這些碗盤之後，我想盡情躺著瀏覽影片網站。可以從相關影片連出去，一個接著一個觀看有趣的影片，對我來說是一段幸福的時光。

然而我這樣小小的願望，正受到亮著綠光的智慧型手機畫面阻擋。

顯示著通話中的畫面上列出的名字是彩華。

『後來啊，你知道那個客人說了什麼嗎？』

「……欸，這件事可以下次再聊嗎？我突然想到有急事要做。」

『咦～～反正你應該只是要逛網站吧。那種事隨時都能做啊。』

「我也隨時可以跟妳講電話吧。」

透過智慧型手機的喇叭，我聽見一聲大大的嘆息。

『真是的，接到我打的電話還會擺出這麼無情態度的人，也就只有你了喔。』

「那還真是謝謝妳打來喔。」

我一邊用洗碗海綿刷掉黏在壓力鍋上的髒汙，一邊這麼回答她。

兩者相較起來，比起跟彩華聊天的內容，我還比較專注於刷洗髒汙這件事上。

爸媽硬要我帶來的這個壓力鍋，至今都沒什麼登場的機會，但自從志乃原會來我家之後，用到的機會就大幅增加了。

壓力鍋想必也覺得很開心吧。

『欸，你東西還沒洗好嗎？那個水聲有時候會害我聽不到你的聲音耶。』

「快洗好了啦。」

『是喔。不過，你是不是洗得比平常還要久啊？』

聽到她敏銳地指出這點，讓我的手瞬間停了一下。

因為要洗兩人份的碗盤，甚至還有做甜點的器具，所以當然會花上比較久的時間，但我不太敢這樣向彩華坦承。

「……因為在考試期間我就懶得洗，所以堆了很多。住在老家的人不懂這種辛勞啦。」

『你可別小看我了，就算是考試期間所有家事我也都有做喔。甚至要我去你家幫忙都沒問題。』

那還算是滿令人感激的一番發言，但我想盡量避開讓她跟志乃原碰面的機會。

與其要在家裡顧慮這些事情，家事還是乖乖自己做完比較好。

「才不用。」

『這樣啊，虧我還想說真的可以去幫你耶。』

彩華發出了感到無趣的聲音。

若是彩華說到要來自己家中，大多男生心中都會感到欣喜吧。然而彩華不會真的跟那樣的男生變得要好。

因此，真的和彩華很要好的我，在這個狀況下拒絕她可說是必然。

——但如果真的和彩華很要好，應該會更了解她才是。

這樣的想法在我腦中一閃而逝。

從高一認識她到現在已經是大二的冬天了。

我認為我們共處了一段很充實的時光。

然而認識彩華的志乃原卻說「國中的時候，我們都是籃球社的社員」。

要跟我說這件事的時機應該有非常多才是。

既然有這麼多我所不知道的事情，與其說是她沒有告訴我，不如用她瞞著我來形容還比較恰當。

當然，我也不會只因為這樣就懷疑自己跟彩華之間的關係。

像是跟禮奈有關的事情，我也並非全部都跟她說過，所以我也明白就算再怎麼要好，還是難以互相坦白所有事情。

即使如此，我還是無法否定會覺得有些寂寞。

明明自己也有很多沒有說過的事情，一旦發現對方有著沒跟自己說的事就會感到寂寞，實在有些傲慢。

如果是一般朋友，既然都明白這樣的道理，就不會再提及了吧。

但是，對象是彩華。

正因為我相信自己跟彩華之間的關係，才會下定決心問出口。

「是說啊，彩華。」

『嗯？』

「聽說妳國中的時候有打過籃球？」

我關上水龍頭，停住了流水。

少了多餘的雜音，整個家裡回歸寂靜。

她沒有馬上回應我這句話。

畢竟也是隔著電話，我不知道這段時間究竟代表了什麼。

『——是誰說的？』

我從來沒有聽過彩華這樣的語氣。

並不是帶著怒氣，聽起來也不像是抱持狐疑。

……而是，恐懼嗎？

從水龍頭一點一點滴落的水聲顯得格外刺耳。

「……這是不該問的事情嗎？」

我站在智慧型手機前，低頭看著那個畫面。

畫面上顯示著彩華的大頭照，那張照片應該是跟同好會的成員們一起拍的吧。

大頭照中的彩華雖然露出了滿臉笑容，但我聽進耳中的聲音卻和那樣的表情相去甚遠。

『……不該……不，不會，是不會不該問啦。』

彩華很少說話這樣吞吞吐吐的。

是不是覺得動搖呢？

光是透過電話聽見一道呼氣，就能大概察覺出一定程度的心情。

就跟彩華很懂我一樣，不過是要推測彩華的心情，我也辦得到。

就算不曉得彩華的過去，相處至今的歲月也不會改變。

即使如此，我還是覺得彩華有著我所不知的事情，讓我有些寂寞。雖然是從這樣的想法當中產生的提問，我卻搖了搖頭。

正因為很要好，所以才不想被我知道。

會將這件事情隱瞞至今，就是因為這樣吧。

不然應該就不會變成在這長達將近五年的時間當中，我都從來沒聽說過關於她國中時的事情才是。

「不過，要是妳不想講——」

——不用說也沒關係。

平常的我一定會這麼說吧。

就算想進一步關切他人，要是人家不願意，就只是造成對方困擾而已。

自己知道其他人不知道的事情，所以聽別人說出祕密的時候，心情才會覺得舒坦。這世上有一大堆人就是抱持著這樣的想法去問出別人的祕密，想藉以滿足自己得到認同的欲求。

單純出自那種認同欲求而想問出祕密的人，以及基於親切的情感，純粹希望可以一起商量的人。

聰明的人能夠辨別出這兩者。

彩華是聰明的那一類人。

高中的時候，彩華好幾次被男生催著說有煩惱可以找對方商量，又或是對方自己來找她商量事情。

像這樣帶著想更親近她的企圖而產生的行動，彩華不但會敏銳地察覺，還能做出不得罪人的適當應對。

當時看著一臉感到無趣滑著手機的彩華，以前的我產生了這樣的想法。

裝模作樣的言行對彩華行不通。那就秉持原本的自己去跟這傢伙相處吧。

現在這個狀況下妥協並非我的本意。

既然都已經決定要坦率地跟彩華相處了，就這樣問下去才是最好的選擇。

『——要是我不想講？』

「這個嘛，就算妳不想講，我還是希望妳可以告訴我。」

『……你傻了啊。』

回了這麼一句之後，彩華似乎就不再開口了。

這段沉默並不會讓人覺得沉重，硬要說的話，還比較接近我們平時相處的氣氛。

從這樣的氣氛看來應該是沒有踩到她的雷，於是我決定繼續說下去：

「我也只是在問妳是不是有打過籃球而已啊。打得怎麼樣啊？」

保險起見，還是不要說是從志乃原那邊聽來的好了。

更何況她們兩個就算是客套話也稱不上感情好。

『我現在不會說，有機會再跟你講吧。』

「喂，那不就是不告訴我了嗎？」

『會告訴你啦。』

對於這句馬上就給出的答覆，我閉上了嘴。

彩華嘆了一口氣，緩緩說道：

『我會告訴你的，你就什麼都別問，乖乖等著就是了。』

「……好啦。」

她強勢的口吻似乎帶著要結束這個話題的意圖。

不過藉由向彩華問過這一次之後，就能泯滅覺得不可以問起她國中時的事情的認知。

當然，我不會隨隨便便去追問，彩華說有機會再跟我講的這句話大概不是謊言。

既然如此，我什麼事都不要做，靜待她開口就是最好的選擇了吧。

反正也沒有急在一時。光是彩華跟我約定好會告訴我至今都沒有講明過的事情，我就滿足了。

我們也沒有在交往，只是朋友而已。

要是她對於我的提問只是回上一句「我為什麼非得告訴你？」，那就代表我們不過是這樣曖昧的關係。正因為她沒這樣說，我才會覺得高興。

因為她會這樣跟我做約定，就像在表達我們至少比普通朋友還要更親近。

這時智慧型手機的畫面開始閃爍，通知我電量快要不足了。

彩華似乎也已經不是想再閒聊下去的心情，開始傳來她好像在做什麼事情的聲音。

『你為什麼會突然想問這件事啊？』

伴隨著像在整理東西的聲響，她拋來了這樣的質疑。

「當然是因為我覺得很在意啊。」

『……喔。那就好。我還在想你要是這時對我說「都是為了妳」之類的話該怎麼辦。』

「我才不會說呢。而且我知道妳不喜歡聽那種話，以後我也都只會對妳說真心話。」

恐怕有很多女生都喜歡聽那種肉麻的話吧。當然對象僅限於親近的人，不過就這點來說，彩華不能算在其中。

尊重是必要的。但若不是打從心底油然而生的態度，對彩華來說就沒有意義。

只是有著這種想法的彩華本人，平常都能若無其事地做出虛假的顧慮以及言行。

對於這樣的她，雖然也會有點不爽地覺得「不要去要求他人，卻對自己的行為置之不理」，不過認同她的心情還是占了絕大部分。

正因為自己是擺出虛假的態度，才會希望親近的人可以秉持真實的自己吧。

『我很喜歡你的這種個性喔。』

「……喔。」

對於她這句率直的話，我不禁覺得畏縮。

不知道是不是在意我這樣的反應，彩華又更正了一下說法。

『啊，是作為一個人的意思喔。雖然我想你應該也知道啦。』

「我知道啦，妳不用這樣特地解釋，不然反而會有點火大。而且，應該就是因為妳會說這種話，才會動不動就被男生告白吧。」

那句話從異性朋友口中說出來，就算心裡明白，還是會稍微讓人不禁多作他想。

不知道至今那些喜歡過彩華的男性朋友們，會不會就是因為這樣露骨的話而迷上她的？

『我只會對你這樣說喔。』

「啊？」

『我的個性才沒有差勁到不論對誰都說這種話呢。』

……基本上都會拒絕告白的彩華，確實沒必要特地去做那種會讓人迷上她的事情。

「那妳又為什麼要對我說啊？」

『……天曉得，只是心血來潮吧。』

彩華輕咳了兩聲。

搞不好就連她也難得覺得害羞了。

『那麼，明天聚餐就再拜託嘍。』

「啊，對耶。我可是只認識妳而已喔。開始有點醉了之後倒是沒差，但在那之前妳可要陪我一起。」

雖然會參加這次聚餐，但我姑且還是局外人。要我在意識清醒的時候就跟其他人混在一桌，還是會覺得難為情。

然而彩華說「沒必要啦」。

『有其他你認識的人啊。之前參加聖誕節那場聯誼的，都是我們同好會的人。那個跟你交換了聯絡方式的女生明天也會去。』

「真的假的。我只跟她吃過那麼一次飯，她還記得我嗎？」

『記得記得。她聽說你也會去，滿高興的喔。』

結果自從那次之後，我幾乎沒跟那個女生聊過LINE，也沒有見過面，但聽她這麼說，就連我也覺得開心了起來。

『總之，你就好好期待吧。一定會是一段充實的時間啦。』

「嗯，我會期待啦。那就明天見了。」

『晚安！』

跟平常一樣用很有精神的聲音說完之後，彩華就掛了電話。

第9話　喝酒聚餐

很多同好會會在考試結束之後約出來喝酒聚餐。

彩華所屬的戶外活動同好會也一樣，而且規模還滿大的。

應該沒有幾個同好會可以將車站前的居酒屋包場下來喝酒聚餐吧。

自從大一迎新以來我再也沒有參加過人數這麼多的宴會，心情不禁高昂了起來。

畢竟我參加的籃球同好會「start」總人數大約四十名左右。在那當中會來參加聚餐的人甚至不到十個。

相較之下，彩華的戶外活動同好會雖然是冠著戶外活動之名，但幾乎可以被稱為是「喝酒聚餐同好會」。

不但原本就是人數眾多的同好會，喝酒聚餐的出席率還非常高。不僅如此，就連我這種局外人偶爾也會被拉進來參加，所以會演變成這麼一大票人也是理所當然。

聽彩華說，預計參加的有六十個人。

要向這麼多人一個個收取費用，應該得費好一番功夫吧。

看見上頭寫著「神樂屋」的垂簾之後，我踏入門檻進到店內。這裡就是今晚的宴會場地。

儘管我在集合時間的十分鐘前就抵達，店內卻已經聚集了很多人，人聲嘈雜，很是熱鬧。

下挖式暖桌的座位分了六桌，上頭似乎已經分好各自的盤子了。

我脫下靴子放進鞋櫃中，一腳踩上榻榻米。

「啊，你來啦！」

我朝著揚起輕快招呼的方向看去，只見彩華正對著我揮手。

「喔！」

為了在喧嚷之中也能讓她聽見，我用比平常講話還要大的音量回應，並走向彩華所在的那一桌。

在彩華旁邊坐下之後，她伸出單手遞到我的眼前。

「嗯？」

這個同好會是不是在就座的時候有要擊掌的習慣啊？

我總之將自己的手疊了上去，彩華卻露出一臉驚訝的表情。

「等等，你幹嘛啊？」

「呃，抱歉。我想說是不是有這種習慣。」

我這麼一解釋，彩華像是想通了，便竊笑了起來。

「才沒有那種習慣呢。我是想說你穿著大衣應該很礙事，要替你掛上衣架啦。」

「什麼嘛，這根本是我很丟臉的情境耶。」

我收回了手，脫下大衣。碰到她的掌心事到如今才越加發熱。

將大衣交給彩華之後，她點了點頭站了起來。在隔了一點距離那邊，有一個將衣服集中起來掛的地方，真不知道該說這樣的安排是細心還是在找碴。

「悠太同學，你跟小彩真的很要好呢～」

坐在我對面的女生這麼向我搭話。是個有著一頭褐色鮑伯頭的嬌小女生。

在大大的黑框眼鏡之中，可以看見一對水汪汪的眼睛。

而且我對這個女生有印象。

「好久不見！」

一臉靦腆地對我這麼招呼的女生，是我在聖誕節的聯誼上認識的其中一人，也是唯一跟我聊開的女生。

「嗨，好久不見。妳還記得我啊？」

「當然記得啊，才過了一個月左右而已耶。我的記憶力才沒有那麼差呢。」

「那還真是抱歉啊。」

她叫月見里那月。

第一次聽到的時候，我覺得真是一個很美的名字。平常不太會從一個人的名字當中感受到美感，因此我記得很清楚。

當我得知月見里唸作YAMANASHI的時候嚇了一跳。

在聯誼的時候她對我說「就別太介意，用名字稱呼我吧」，因此我就直接叫她那月。

如果原本是用姓氏稱呼，後來才說改用名字稱呼的話，難度就會提高，但打從一開始就用名字稱呼的話就沒差了。

雖然我跟她不過是共度了兩小時左右，一起吃過一頓飯的關係，但心情上已經像是朋友一樣了。

不過說是朋友，在我的認知當中也只是「嗨友」而已。

因為頂多是在路上擦肩而過時，會用「嗨」來打聲招呼而已的關係，才會出現「嗨友」這個詞彙的樣子。

就我的經驗看來，嗨友說的「下次再一起去唱歌吧！」，真的會約成的大概只有兩成左右。

嗨友之間的關係甚至連忘記彼此名字都有可能，但坐在我眼前的那月好像還很清楚地記得我的名字。

我想起昨天彩華說「她覺得很開心」，就再次讓我覺得真虧那場聯誼可以牽起這樣的緣分。

「悠太同學，你是加入哪一個同好會呢？不是戶外活動這類的吧。」

「我是籃球同好會的。不過也只有想到才會去就是了。」

「幽靈成員？」

「也不至於啦。」

畢竟前幾天才剛去露臉，應該不會被當作幽靈成員才是。除了藤堂之外，也多少有跟學長們保持聯絡，所以應該沒問題。

如果想要開心地打籃球，就多少也要顧一下人際關係才行。

「加入我們這邊嘛～～中途才參加也完全沒問題喔。」

她指的是這個戶外活動同好會吧。

我做出「嗯——」這樣沉思的樣子之後，還是搖了搖頭。

「我是很想加入啦，但規模這麼大，大概不行吧！負責管理的人應該也很辛苦才是。」

我接連說出了已經習慣的客套話。

在朋友的同好會露臉時，偶爾會有人這樣邀請，但感受得出來大家都不是出自真心。

那月也不例外。她說著「是這樣嗎～～」就輕輕笑了笑，將筷子遞到我的眼前。

「但是，明年小彩好像就會成為同好會的副代表了耶。可以靠關係進來啊，靠關係！」

「啊哈哈，好啦，我再考慮看看。」

副代表啊。

畢竟是彩華，或許是學長姊都很喜歡她，才會推薦她吧。

「那月不會成為代表之類的嗎？」

我這麼一說，那月就噴笑出來。

「我嗎！不會不會，不可能啦！你覺得我是那種個性的人嗎？」

「我才不知道妳是什麼個性的呢，我們才第二次見面而已耶。」

「真希望你在第一次見面的時候就看出來啊～～」

當我們在閒聊的時候，彩華回到座位這邊來了。

她穿著黑色毛衣戴著項鍊，就算人在居酒屋當中，看起來還是格外亮眼。

她單手拿著啤酒杯。

「在你們聊得很來勁的時候打擾嘍——」

滿滿地斟上一杯的啤酒就擺在我的面前。

環繞四周看了一下，啤酒杯從長桌的邊邊開始朝著旁邊的人一個一個傳了過來。

「哦，第一杯果然是啤酒啊。」

我笑著這麼說，那月卻嘟起了嘴。

「我每次都會想，是有規定一開始就要喝啤酒嗎～～我沒那麼喜歡耶。」

「啊～～喜歡啤酒的女生並不多吧。雖然彩華就滿會喝的。」

那月好像覺得啤酒杯有點重地拿到了自己手邊。

對於不喜歡喝啤酒的人來說，這樣確實滿令人困擾的。當我這麼想的時候，彩華說：

「哦～～那個啊！我聽學長姊說，那好像姑且是一種顧慮喔。」

「咦～～那是一種顧慮嗎？哪裡是了？」

那月露出一臉「我從來不覺得有被顧慮到耶」的表情，讓彩華露出微笑。

「出社會之後，也會跟主管喝酒對吧。要是大家都各自點餐，直到上齊為止就要花上很多時間啊。那樣或許就會讓主管白等很久，既然如此，讓第一杯可以同時上桌，很快就能夠開始了！好像是出自這樣的想法喔。」

「哦～～」

原來如此，這樣聽來就能懂了。

相較於我坦率地感到理解，那月反而是透露出不滿。

「這樣的話，第一杯都點Highball不就得了。」

對於這句話，我跟彩華同時都說著「這倒是」並點頭認同。

這時我瞥向手錶，時間是快要晚上七點。

我看向周遭，只見同樣的長桌已經坐了一大群之後來的同好會成員們，這也表示就快要到宴會開始的時間了。

我隨著彩華的視線望去，就看到一個很像是代表的人正高舉著啤酒杯。

我問道：「那就是代表嗎？」彩華點了點頭。

大家的視線自然而然就朝著那個人看過去。

「呃～～首先，大家考試辛苦了！」

代表這麼一說，身旁的人也紛紛回應著：「辛苦了～～！」

彩華也是用單手抵在嘴邊，大聲喊著：「考試辛苦了～～！」她的另一隻手正拿著啤酒杯。

「好啦，不論大家考試考得如何，成績也要到下個月才會揭曉！今天晚上就是為了喝酒，為了慶祝從現在開始揭開逃避現實的序幕的聚餐。」

大家都是一邊笑，一邊聽代表講話。我很喜歡樣這樣當有人在講話的時候，旁邊咯咯笑著也不會被罵的悠哉氣氛。

對這個同好會來說，恐怕這樣的聚餐也堂堂是同好會活動的一環吧。

這跟以籃球為中心，聚餐不過是次要的籃球同好會大相逕庭。

大家都拿著啤酒杯，等著代表什麼時候要做出乾杯的宣告。

「那麼，我們三年級的也將在下個月從同好會引退。雖然我很想起頭乾杯，但現在還是交給下一任代表來吧。」

這麼說著，代表跟著環繞四周，卻到處都沒看到被指名的下一任代表站起來。與其說是沒站起來，感覺比較像是找不到人。

這時，坐在眼前的那月舉手說：

「樹代表～～！下一任代表今天好像沒來～～！」

「什麼，他明明就有說今天會來參加！」

代表感覺像是刻意地這麼驚呼之後，就輕咳了兩聲重新振作起來。

「既然如此，也只能請下一任副代表起頭乾杯了！小彩，麻煩妳了！」

坐在我旁邊的彩華抖了一下。

突然被這樣指名，任誰都會這樣吧。

「咦咦，要我來嗎！別這樣別這樣，就拜託代表了啦！」

看著揮舞雙手想要拒絕的彩華，同好會的成員們都紛紛說著：「彩彩，交給妳嘍！」

在這個同好會當中，大家好像都叫她彩彩。

而彩華也不會違背整個同好會的意見，雖然有點顧慮，但還是站了起來。

從她的動作就能明白，彩華完全切換成對待外人的客氣態度。

雖然我覺得既然是自己加入的同好會，再放鬆一點也沒關係，但事到如今也太遲了。

「呃～～那麼，各位。這次就恕我冒昧，來向大家起頭乾杯。」

彩華這麼一說，代表就笑著應道：「說的話也太見外！」

確實這個語氣在同好會的聚餐上來說或許太生硬了，但要站在這麼多人面前也無可厚非。

但那好像也只是彩華的一番玩笑，她說著「不好意思啦～～！」便笑了開來。

我一邊佩服地想說她還真是習慣啊，就抬頭看向站在旁邊的彩華。

從幾乎是正下方的這個位置看去，無論如何都會看到彩華的胸部。即使穿著黑色毛衣也確實很傲人的雙峰，害我急忙撇開了視線。

內心同時有著想繼續看下去的心情，還有像是背叛了她的罪惡感並存。

「那麼，各位同學，請拿好自己的啤酒杯～～！」

隨著彩華的呼聲，我像是要撇開邪念一般，猛然高舉起啤酒杯。

「大家考試辛苦了！乾杯～～！」

整間居酒屋內，都響徹了「乾杯」這一句話。

大家各自拿著啤酒杯在桌上左來右去的，四處響起乾杯時清脆的聲響。

我首先將啤酒杯朝著就在眼前的那月遞過去，接著是坐在隔壁的不認識的女生，以及在斜前方的男生。

最後想跟替大家起頭的彩華乾杯，便重新面向右側。

然而在彩華面前還有很多大家遞上來的啤酒杯，也有人為了跟彩華乾杯，而特地從隔壁桌跑過來。

彩華用溫和的表情跟每一個人應對，這時似乎終於注意到我了。

「大家，不好意思喔，等我一下。」

她這麼說著，就將原本在桌上高舉的啤酒杯拿低了下來。

「來，乾杯。」

啤酒杯就遞到我的眼前。

彩華嘴邊揚起微笑正等著我。

對此，我也笑了開來，並敲響了啤酒杯。

「——乾杯！」

宴會就此展開。

◇
◆

料理都乎都上桌之後，大家就各自單手拿著酒杯，在桌席間自由移動。

彩華也是，她一開始坐在我旁邊，但被別的小團體叫去就換了座位。

會想叫漂亮女生到自己座位附近可說理所當然，然而從四處喊著「彩彩～～！」、「彩華同學！」的狀況看來，她受大家喜愛的程度超乎我的想像。

真是厲害的傢伙。

從她被人說過難相處這點看來，彩華並不是天生就這麼擅長交際。

就連現在眼前看到的這片光景，也是多虧了彩華自己努力構築出來的人際關係所賜。

她本人應該一點也不覺得哪裡有努力，但在我看來，那肯定就是努力。

所以，看到彩華開心地跟其他人聊天的模樣，我也會覺得高興。

「等等，悠太同學～～你也太盯著小彩看了吧。」

發現有手在前方揮了揮，我不禁眨了眨眼。

眼前看見的是那月露出不滿的表情。

「我有看成那樣嗎？」

「盯著看啊，完全是盯著看。我回到座位來你也沒有任何反應嘛，我都嚇了一跳。」

聽到她這句話，才讓我回想起這麼說來她好像去了一趟廁所。

喝了酒之後，都會覺得其他人去上廁所的時間顯得很短暫。

「不過小彩的臉真的很漂亮呢～我也懂那種不小心就會看傻的心情啦。」

那月一邊搖晃著杯中的Highball這麼說。

「長得漂亮臉又小，連皮膚都很好。神真的很不公平耶，竟然讓人在一出生的時候就產生這樣的差距了。」

「就是說啊。彩華真的占了很大的優勢呢。」

「說到她那種程度的容貌，在大學當中也沒幾個人比得上吧。我們這個同好會在進行成員審核的時候也會加入外表這個要素，所以可愛的人還滿多的，但我還是覺得小彩是在這當中最漂亮的喔，雖然完全是我個人的主觀感想啦。」

就算在一群可愛的女生當中，彩華確實也很顯眼。

那月的主觀看法並不算錯吧。

這讓我想起志乃原也跟彩華一樣，算是在一個團體當中外貌格外出眾的人。

可以跟這樣的女生這麼要好，我自己也覺得除了運氣好之外不作他想。

然而比起這件事情，還有個更令我在意的情報從那月口中說了出來。

「要加入同好會還要看臉是真的假的？戶外活動同好會好可怕啊。」

看我做出有點嚇到的反應，那月笑了。

剛才還在稱讚彩華的那月可能也醉了，她那樣的笑容很親近人，感覺很受男生歡迎。

仔細看看周遭的人，還真不愧是有挑過長相的，女生的等級確實都很高。

「我們同好會人氣很高嘛。就連附近的女子大學，也有很多人會跑來說想要加入呢。」

「是喔。」

我這麼簡短回應之後，那月歪過了頭。

「悠太同學不喜歡這種的嗎？」

我也說不太上來。

是不至於討厭到會明顯表現出來，但說起來或許是不太喜歡。

我自己也搞不太清楚。只是這種程度的想法，我不敢輕率回答，便說著「叫我悠太就好了啦」來轉移話題。

那月點了點頭。

「那麼，悠太。我覺得小彩也跟你有一樣的想法喔。」

「為什麼這麼想？」

彩華的立場是這個同好會副代表。

正因為如此，我才會想避免在連自己的想法都還沒統整好的狀況下，就脫口批評這個同好會。

「因為有一半以上的人都不知道這個實情就想加入同好會啊。小彩好像也是後來才發現這件事，她得知的時候表情很明顯就覺得討厭。」

「哦，真難得耶。」

「難得嗎？」

那月露出想不通的表情。

在跟我相處的時候很常見就是了。然而彩華跟別人待在一起的時候還會表現出那種態度，大概真的很不喜歡吧。

「明明小彩才是最受到外貌帶來的恩惠的人呢，真是諷刺。」

那月的耳朵染上緋紅，看得出來她已經喝到滿醉的了。

對於自己不小心脫口的話，從那月的表情看來，她也覺得搞砸了。

「抱歉，剛才那是——」

「沒關係啦。也有可能會被人這樣想吧。」

彩華自己也有著覺得被別人這麼想也無可厚非的傾向。

但如果是被會一起吃飯的同好會朋友這樣說，或許又另當別論。

畢竟就算在喝酒聚餐的時候生氣也不能怎麼樣，因此就輕輕帶過了那月的失言。

不知道是不是對於我的態度感到不安，那月又補上一句「不過小彩人真的很好呢」作為圓場。

應該是怕我會跟彩華說她的失言吧。

總覺得女生還真是麻煩，但這個狀況換作男生或許也一樣。

「我不會說啦。反正只是在酒席上的話嘛。」

我一邊這麼講，同時想著如果是彩華，在這個狀況下她會採取怎樣的態度。

要是我被人在背後閒言閒語，她會為我而生氣嗎？

「話說回來啊。」

那月為了換話題而說了這樣的起手式。

我也不再提及剛才的事情，坦率地點了點頭。

「你跟小彩在交往嗎？」

又是彩華喔！

雖然這樣想，但那月應該只是單純感興趣而已。

我很坦承地答道：

「沒有。偶爾也會有人這樣問，但我們從來沒有交往過。」

「咦～～這樣啊！感覺會被你的女朋友誤會耶。」

「我也沒有女朋友，所以不成問題啦。」

「那麼，有女朋友的時候或許會被誤會呢。」

她聊得還真深入啊。

之前聊天的時候都只有講到漫畫之類娛樂方面的話題，所以讓我有點嚇到。

「這間店的軟骨很好吃喔～～」

不過那月好像也已經沒有想再延續那個話題的意思，並夾了一些雞軟骨跟花鯽魚到我已經吃空的盤子上。

我說著「謝謝」道謝之後，拿來啤酒又開始喝了起來。

「明明你自己的都還沒喝完。」

「反正都會喝，沒差啦。」

我還算是滿會喝的。旁邊有個不認識的男生躺在那裡，我有自信至少不會像他一樣一小時就醉倒。

「你滿會喝酒的啊？」

她用有些意外的口氣對我說。

這樣再加上還會抽菸，很顯然就會變成超不受歡迎的男生。

雖然不知道這個同好會的女生們是不是有著這樣的價值觀，但姑且還是不要說會抽好了——但到底是要展現給誰看啊？我自己也不禁覺得傻眼。

這時褲子口袋傳來震動，我把智慧型手機拿出來。

新訊息傳來的畫面上顯示出志乃原的名字。

『學長，你今天幾點要回來啊？我到你家附近了耶。』

我看了一下手錶，時間是晚上八點。因為可以待上四小時左右，所以還有兩小時。

『今天應該會到快末班車的時間，所以妳給我回去。』

訊息一傳出去，馬上就收到回覆了。

『給我回去是怎樣！現在是怎樣！』

我不禁揚起嘴角，那月很敏銳地看見之後就向我問道：

「是女生傳的吧。」

「妳怎麼會這麼想？」

「絕對是吧。該怎麼說呢，就是會知道呢！」

我很想吐嘈她什麼叫作就是會知道，但實際上就是被她說對了，我也無從反駁，這讓人覺得很不甘心。而且仔細想想，明明眼前就有一個聊天的對象，卻在用手機回覆訊息，這樣也太沒禮貌了。

「抱歉，我滑了一下手機。」

「嗯？沒關係，我不會在意這種事啦！」

「真是心胸寬大啊，了不起！」

「哇哈哈，儘管再多稱讚一點吧！」

那月動作誇大地挺起了胸膛。

這時，智慧型手機又再次響了。

我還以為是志乃原，但似乎不是。

智慧型手機顯示出來電的畫面。

「哇啊，抱歉，有電話。我到外面講一下。」

「怎麼怎麼，你很受歡迎嘛！ＯＫ～雖然差不多到了要換座位的時間，但我就在這裡等你嘍。」

「哦，真的假的。謝啦。」

還有換座位這種事情喔。

畢竟是人數這麼多的同好會，為了增進交流，或許也有這樣做的必要。而那月說她不會換座位，就這點看來，也能明白這並非強制性的舉動。

這場聚餐安排得真不錯。

我一邊這麼想就站了起來。

走到居酒屋外頭之後，我確認了一下還持續在震動的智慧型手機，看來是我沒有加入聯絡人的電話。

不過，總覺得對這組號碼有點印象。

一邊感受著內心的騷動，我接下了電話。

「喂，我是羽瀨川。」

『喂，悠太。』

我覺得那道清澈的聲音很耳熟。

而且還是熟悉到令人厭煩的程度。

記憶的殘渣刺激著腦內。

「……是禮奈啊。」

來電的人，是幾個月前分手的前女友——相坂禮奈。

◇◆

「有什麼事？」

我發出了跟居酒屋的熱鬧氣氛相去甚遠的伶俐聲音。

明明我們已經沒有什麼話好說了才是。

就連跟彩華一起去買東西而重逢的那時，都沒特別說上什麼，就各自離開了。

——雖然在道別時，她的那句「改天見」很令人在意就是了。

『抱歉，突然打給你。』

「沒差啦。妳也真的很久沒有打電話過來了。」

『嗯，我想說ＬＩＮＥ應該被你封鎖了，才會打電話。』

「不……」

當初分手的時候我的確想過要封鎖她。

但是，我們應該也不會再聯絡，卻還要特地封鎖她總覺得好像很孩子氣，所以我就沒有那麼做了。

現在倒是覺得，想要轉個心念的話，或許還是需要那種「劃分開來」的動作。

『你現在在忙嗎？』

不知道是不是聽見居酒屋傳來的喧囂，禮奈這麼向我確認。

「來參加同好會的聚餐啦。妳有事的話，麻煩長話短說。」

隔了一段沉默。

我無心地聽著隔著店門傳來的喧囔。

『好。之前碰巧遇到你的時候我也說過了，不知道還能不能再跟你見面？』

——原來那不是客套話喔。

我忍著湧到喉頭的這句話，吞了回去。

我並不是想跟她吵架。

只是想盡量圓滿地，而且盡快結束這通電話。

「不，這倒是不必了。」

『為什麼？』

為什麼？為何？

我沒想過會被她投以這樣的疑問。

我不禁盯著智慧型手機的畫面看。

這傢伙是不問清楚就不會懂嗎？

『悠太？』

老實說，我很猶豫要不要掛電話。

正當我不知道該怎麼回答的時候，身後的店門打開了。

好像是彩華出來外面看看我的狀況。

「啊！找到了找到了——呃，你在講電話啊。抱歉。」

「不，沒關係。」

『是你的女朋友嗎？』

因為她這句提問，讓我多少能夠想像了。

恐怕在禮奈心中，已經認定劈腿那件事情是一段過去了吧。

現在這句提問也沒有其他意思，可能只是單純抱持著興趣。雖然這些推測不過全是想像而已，我還是這麼認為。

我保持沉默，禮奈便繼續問了下去。

『你最近很忙嗎？』

「還好啊，只是偶爾去一下同好會而已。」

『這樣啊。還是老樣子呢。』

老樣子。

我們明明已經認識了那麼久，足以用上這個詞了呢。

總覺得要是不在這裡斬斷這份關係，似乎就沒辦法前進。

但光是這樣跟她講話，我內心還是一樣會跟著騷動起來。

這讓我不禁皺緊了眉間。

我很不願意再像這樣去想著禮奈的事，但為什麼我還在講著這通電話呢？是有想對她說的話嗎？還是有想問她的事情？抑或只是——

「——已經跟妳無關了吧。不要再打來了。」

我幾乎是硬將這句話從喉頭擠了出來。

就像要跟這道壓抑了各種情感的聲音產生共鳴一般，從居酒屋傳來的聲音越來越大。

我的耳邊聽見了禮奈像是有點驚訝的呼氣聲。

『……這樣啊。』

隔了這麼久，回答卻很簡短。

她要說的事應該已經講完了吧。

我這麼判斷，便將手指向結束通話的按鈕。就像要遮蔽掉閃過腦海的某種情感一樣。

即將掛掉的時候，我聽見了她的聲音。

『我並沒有劈腿。』

當我睜圓了眼的時候，電話已經掛斷了。

禮奈在最後說了什麼？

我聽見她說她沒有劈腿。

她在我家前面跟其他男人牽著手。那不叫劈腿又算是什麼？

難道她想解釋那是假扮女友的工作嗎？

「怎麼了嗎？」

彩華感覺困惑地向我問道。

「剛才那是……」

「別問了。」

我不想因為被聽到在跟禮奈講話就要受人顧慮。

彩華應該不會知道電話的另一端是我的前女友，但從旁看來應該很明顯地就是在和誰吵架吧。

我也有自覺說了那樣的話。

「這樣啊……那我不問就是了。」

對於受人顧慮的自己莫名感到火大，我不禁咬緊了嘴唇。

彩華則是拍了拍這樣的我的肩膀說道：

「看你是要回去好好休息，還是要繼續喝酒發洩。你要回去的話，我會幫你付錢啦。」

我不禁看向彩華的臉。

這時她露出的不是對待外人的那種表情，而是一臉溫柔的樣子。

「——我要喝。」

說真的，我也不覺得喝酒就能將這種心情發洩掉。

但我現在更加不想讓這段彩華替我營造出來的時間，因為禮奈而功虧一簣。

對於我的回答，彩華也揚起嘴角。

穿過垂簾回到居酒屋之後，同好會成員們聊天的聲音變得更加大聲。

現在剛好是部分同好會成員為了換位子而走動的時候。

「那麼，我就移動到你隔壁的座位好了。你很寂寞吧？」

「說什麼傻話，我聊得超開心好嗎？」

「是嗎～～」

彩華帶著竊笑，走向剛才自己待的座位。

她一拿起酒杯，那一桌的人就揚聲哀嘆著：「妳要走了啊～～！」

一邊笑著一邊點頭示意的彩華，開始移動到空的座位去。

坐下來之後，她跟那月一起朝著我揮了揮手。

「我這就過去！」

這場聚餐也因為參加人數眾多，整間店內的笑聲從來沒有停過。

對於現在的我來說，這樣的喧嚷真的相當自在。

★第10話　過夜

走過零散閃爍著的路燈回到自己家裡，我躺在沙發上休息。

雖然好像還有要去卡拉ＯＫ續攤，但再怎麼說我還是拒絕了。

本來就是受到彩華的邀請才去的，大家也都對我很親切，但這是兩碼子事。

在那之後，彩華跟那月把我叫去的那桌還有好幾個同好會成員在，大家都聊得很開，整場聚餐確實玩得很開心。

多虧喝了酒也讓我比較放得開，不用那樣厭煩地去顧慮別人。一起喝酒的時候跟別人變得要好的速度格外地快。

「學長～～東西就快洗好了喔。你堆積了好多喔～～」

「謝啦～～」

即使我傳了要她回去的訊息，志乃原現在之所以還會出現在我家，是因為她到附近的便利商店消磨時間。

今天好像有很多雜誌出版最新一期，她看著看著時間就過去了的樣子。

趁著這樣的志乃原在幫我洗東西的時候，我在旁邊休息，但應該是酒勁湧上來了，過越久我的頭就越是沉重。

感覺到志乃原似乎終於離開廚房，我便稍微睜開了一隻眼睛。

「嘿！」

臉頰發出了啪的一聲。

隨之傳來冰涼的手掌觸感，讓我知道是志乃原一股勁兒地把手貼了上來。

「——痛死了。」

「啊～～你果然狀況不太好呢。平常來說，這時候學長應該會痛罵我一頓才是。」

志乃原輕輕摸著我的臉頰，嘴角勾起了笑意。

「我喝醉了。」

「這種事我看就知道了啦。」

我撇過了臉，志乃原的手還是沒有放開。

因為還感受得到氣息，志乃原肯定還近在身邊吧。

我原先睜開的單眼不知何時又閉上，昏沉沉的腦袋悠哉地想著自己是真的喝醉了啊。

明明剛剛才跟禮奈講完那樣的對話，像這樣直接感受到志乃原冰涼的手掌，可以讓我無需多想。

「學長～～？」

「……好舒服。」

「啊，是啊～～畢竟才剛洗完碗嘛。」

這麼說來，志乃原今天沒有在這裡吃飯才對。也就是說，她只是單純幫我洗了碗。看到喝醉的我，她應該就知道今天的家事我也是隨便做做，所以才會幫我洗碗吧。

「謝謝妳。」

我這麼道謝之後，志乃原噗笑了出來。

「這點事也跟平常一樣啊。要道謝的話還是請你平常就跟我說吧。」

「平常就當作抵掉房租……」

「真是的，這種時候你只要說『我知道了』就好了啦。」

志乃原輕輕捏了一下我的臉頰，又輕撫了剛才捏過的地方。

接著就持續了幾秒的沉默。然而這不會讓人覺得尷尬，反倒覺得挺自在的。

「妳今天要在我家過夜嗎？」

我不禁這麼說了出口。

究竟是因為我喝醉了，還是其實我一直都很想讓她留宿呢？

聽了我的提議，志乃原露出了驚訝的表情。

「我沒有帶換洗衣物來耶。那樣也沒差的話就可以。」

距離志乃原給出這樣的回應，並沒有花上多少時間。

◇◆

「不如說，你至今都在快要到末班車的時間把我趕走才異常吧。」

志乃原一邊翻著我的抽屜式衣服收納櫃，不滿地這麼說著。

雖然是我要她去找看看有沒有可以拿來穿的衣服，但看著衣服一件一件越疊越高的光景，我也變得有點坐立難安。

應該是發現了我這樣的心情，志乃原揚起了嘴角。

「請你不用擔心啦，我會摺好再收回去的。只是因為看你亂七八糟地塞進去，我才會順便幫你拿出來整理。」

「什麼嘛。」

我鬆了一口氣並翻過了身。如果只是這樣，那她要弄得再亂都沒關係。

不如說我反而希望她盡情翻找，再順便替我整理一下收納櫃。

雖然我自己也覺得這樣真是有夠差勁，但因為酒精而變得沉重的身體不聽使喚。

「學長，我可以借這個來穿嗎？」

我才剛翻過身卻馬上又被她叫住，便心不甘情不願地再轉身回去。

志乃原用手指拎著的是我去籃球同好會時會穿的運動服。那應該可以充作睡衣，於是我很乾脆就答應了。

「好啊。抱歉耶，我家沒有女生穿的衣服。」

「有的話我可會退避三舍啦。」

聽她這句回應，我在腦海中再次確認了應該已經沒有任何禮奈留下來的東西才是。

雖然在跟她分手之後我還沒有整理過收納櫃，所以覺得有些不安，但從志乃原的反應看來應該是沒問題。

衣櫃時不時就會看一下，但因為我幾乎沒有翻過收納櫃，所以記憶有點模糊。

「這麼說來，學長你沒有女朋友對吧？我今天要在這裡過夜喔。」

「嗯，現在沒有。沒關係。」

應該是對於「現在」這個詞產生了反應，志乃原停下了在摺衣服的動作。

我甚至沒有跟志乃原說過直到最近我還有女朋友。

就算有跟她聊過自己的戀愛觀，對於跟禮奈之間的事情卻隻字未提。

確實是因為我盡量不想跟什麼都不知道的人講到禮奈的事情。

但經過跟禮奈重逢，還有那通電話的影響，現在我腦海中又快要再次鮮明地湧上那時候的記憶。而我開始覺得獨自懷抱這些事情越來越痛苦。

或許是這樣的心情，促使我用了那種話中有話的說法吧。也可能是下意識中，希望志乃原能注意到這件事情。

「最近才剛分手。」

向什麼都不知道的人提及禮奈——光是這樣，對我來說就已經是一件費力的事情。

要不是在禮奈打電話過來的當天，對象要不是志乃原，我應該不會對什麼都不知道的人講到禮奈吧。而今天就是這樣的條件都湊齊的特別的日子。

「你們交往多久了啊～～？」

志乃原像是摺著衣服順便閒聊一樣，向我問起這件事的口氣並不是特別強烈。

「一年吧。」

「哦～～」

「怎樣啦。」

「一年還滿久的耶。」

「也不算特別久吧。」

高中的時候交往三個月，甚至只有一個月就分手的情侶滿多的，但就大學生來說，那樣算是比較短的了。

我覺得一年這樣的歲月，不過是平均值而已。

然而聽了我的回應，志乃原便鼓起臉頰。

「我才三個月而已嘛。」

「喔，妳確實是啦。」

「啊！你在小看我！」

「才不是呢，我沒有其他意思。」

我又翻過了身，想盡量遠離她傳來的話聲。

提起禮奈的事情。光是如此，我內心就覺得輕鬆了一點。

而且她比我預想中還更沒有多加追問，這也讓我鬆了一口氣。

或許獨自承受著這件事情很難受。但我覺得，講著講著就回想起過去那些事情才更痛苦。

不知道是不是這樣的安心感讓醉意更深，這時襲來了強烈的睡意。

我沒有多加抵抗睡魔，就這麼讓意識遠去。

◇◆

浴室關門的聲音，讓我緩緩睜開了沉重的眼瞼。雖然因為酒精而昏沉的腦袋有稍微舒服了一點，但還是不想起身。

我拿出智慧型手機確認了一下，時間是半夜兩點。也就是說我大概睡了兩小時左右。

「把你吵醒了嗎？」

我改將身體轉向傳來聲音的走廊那邊，只見志乃原穿著我的運動服，表現出一臉歉意。

洗完澡的氣味從走廊飄了過來，我不禁想著明明用的是一樣的洗髮精，為什麼感覺會這麼好聞。

「學長？」

「我睡著了。」

「我知道啊。你沒聽到我剛才說的話嗎？」

撐起身體之後，總覺得更倦怠了。

明明只是一段短暫的睡眠時間，感覺卻像是作了一個漫長的夢。聽說人會記得在快要從睡眠中清醒時作的夢，所以或許跟睡眠時間沒關係就是了。

「你還好嗎？喝點水比較好吧。」

「不用。」

我移動到床上，像是要倒下一樣躺了上去。

志乃原穿著自己的衣服當作睡衣，這對一般男生來說應該是心動不已的狀況吧。在一個喝了酒的男人面前，志乃原這樣顯得有些沒有危機意識。

然而就連這樣會覺得欣喜的狀況，也敵不過到了明天應該還是無法排除的倦怠感。

志乃原對於我看她這身衣服卻沒什麼反應感到有些不滿。

「學長，你都沒有什麼反應嗎？」

「什麼啊？」

「雖然要我自己這樣說也有點——」

「妳是要說『這麼可愛的女生正穿著男生的衣服喔，這可是相當奢侈的狀況耶』對吧。我知道啦，多謝招待，晚安。」

這麼說了之後，我為了不讓光線進到視野當中，而把棉被拉到蓋至臉上。然而棉被馬上就被抽掉了。

「太刺眼，我要融化了。其實我是吸血鬼——」

「如果是吸血鬼，現在這個時間精神正好吧。請你別說那種無聊的話了。」

志乃原冷哼了一聲，就將一個冰涼的東西抵在我的額頭上。

「這是什麼？」

「有效舒緩宿醉的東西。我剛才去便利商店買回來的。」

「一個女生這麼晚還跑出去很危險吧。」

「你之前就算這麼晚了也不會讓我留宿不是嗎？說這什麼話啊。」

志乃原笑著就將藥放在我的旁邊。

為了預防明天宿醉我便一口氣喝光，並將空瓶扔進垃圾桶。

「苦得要命。」

「良藥苦口嘛。」

「也是，謝謝妳。」

「不客氣不客氣。」

這時我才終於正視了志乃原的臉。因為她穿著我的運動服帶來的印象太過強烈，以至於先前沒有發現，但現在的志乃原已經卸妝，臉上是沒有化妝的樣子。

我之所以這麼晚才發現這件事，除了被我的運動服分散了注意力，還有另一個原因。

「妳沒化妝也滿可愛的嘛。」

「學長，一百分。這種稱讚的方式女生會很開心喔。」

大力豎起拇指的志乃原對我露出一笑。

「反倒是怎樣的回答才會零分啊？」

「那當然是『妳沒化妝比較可愛』啊。」

「那是為什麼？」

「要是被人說了沒化妝比較可愛這種話，就會不知道是為了什麼才化妝的啊。明明就是為了想再可愛一點才化妝耶。」

從她講得有些激動的樣子看來，恐怕被說過很多次吧。雖然我也沒有想太多，看來我稱讚的話就志乃原來說是正確答案。

「去參加集訓之類的時候，偶爾就會有那種對我說『妳沒化妝比較可愛呢！』的人！真的是！什麼都不懂！」

「喔喔，慢著慢著，志乃原。妳冷靜點。」

「我可是為了化妝不知道花了多少錢，買齊了各種東西耶！竟然說——」

我用手遮住了志乃原的嘴。

雖然她還悶悶地不知道在說些什麼，當我指了一下時鐘，她才回過神並安靜下來，於是我也鬆開了手。

「不好意思。都這麼晚了，我卻這麼失控。」

「妳情緒不穩喔。」

「那就是這麼反效果的一句話。」

「是是是，我要睡嘍。」

我本來就答對了，所以跟我沒關係。而且我這是第二次聽人說起這件事了。

回想起一年前，彩華也說了一樣的話。對稱讚對方的人來說，會認為這是最棒的褒獎，但私底下卻會被人這樣抨擊。就算要稱讚人，要是不好好選擇說出口的話就沒有意義了。這就是最好的例子吧。

「既然已經傳達出想要稱讚妳的意思，妳就原諒對方吧。」

我不禁替男生辯護，這讓志乃原笑了出來。

「我也不是覺得生氣啦。只是忍不住就激動了起來。」

「是喔。反正，妳也不用這麼不爽啦。」

「這也是要看人吧。如果是學長就沒關係。」

「這樣啊。那還真令人開心。」

「你的語氣也太生硬了吧，要擺出這種態度的話，明天我就不幫你做飯嘍。」

那可就傷腦筋了。明天早上起床之後恐怕身體還會有些沉重吧，得靠她幫我做點吃的才行。

就算喝了預防宿醉的東西，早上要活動身體也很麻煩。

「對不起。非常抱歉。」

「真的很現實耶，我會討厭你喔。」

志乃原冷哼了一聲，就躺到沙發去了。

「妳不做點臉部保養之類的嗎？」

「我有做了最基本的保養啦，但我在盥洗室就只有看到男生用的東西嘛。你真的有交過女朋友嗎？」

「要是還留著前女友的東西，就是個危險人物了吧。她的東西我全都讓她帶走了。」

雖然是有化妝水之類的，但沒有濕敷面膜。如果是很注重保養的男生可能會有，但很可惜的我並不特別注重。是會洗臉，但在那之後的保養都很隨便。

志乃原一邊打著呵欠，就從沙發上伸長了手拿毛毯，並裹在身上。

「喂，妳不吹頭髮嗎？」

「今天讓它自然乾就好了啦。吹風機的聲音很吵嘛。」

她應該姑且在顧慮會不會吵到鄰居吧。雖然難以想像這是出自剛才還在大小聲的人所講的話，但她的那份心意值得讚許。

「那就給這樣的志乃原一個好消息吧。我家的是幾乎不會發出聲音的高規格吹風機。」

「真的嗎？」

「真的真的。」

志乃原跳了起來，又回到盥洗室去了。人說頭髮是女人的生命。志乃原肯定也不喜歡頭髮因為自然乾而受損吧。

我家住的雖然是公寓，但牆壁還滿厚的，大可不用那麼擔心就是了。

輕快的聲音從浴室傳了出來，讓我慶幸自己有買了比較貴的吹風機。

這麼說來，她應該不知道我把化妝水放在哪裡，於是我走向盥洗室。

打開門之後，只見志乃原把智慧型手機放在洗臉台上，一邊看著影片一邊吹頭髮。看她那樣放鬆地吹著頭髮的樣子，讓我的心跳不禁漏了一拍。

「化妝水就放在上面的櫃子裡。妳剛才沒用吧。」

為了不讓她發現這樣的心情，我用平淡的口吻這麼說。

「哇，學長。嚇死我了。」

志乃原像是打了一個冷顫一樣，肩膀抖了一下。

「三更半夜的，拜託你不要這樣靜悄悄地進來好嗎？」

「妳會怕鬼喔？」

「不如說沒有人不怕的吧。要說信還是不信就算了，我覺得才不會有人不怕鬼。」

聽她這麼說我也有同感，但看到志乃原這麼怕，害我不禁產生了想捉弄她的心情。

「其實我看得到耶。」

「咦，真的假的？」

志乃原關掉吹風機，抬頭看向我。

不知道是她已經把頭髮吹乾了，還是已經顧不得吹頭髮了。

「我只是隱瞞著沒說而已。所以我也看得到在妳身後的那個傢伙。」

「……你喝醉了吧？」

志乃原露出半信半疑的表情。我確實喝醉了，但反正是在說笑，總之希望她可以先聽信這番話。

我回想起以前在網路上看到的文章，並開口說起：

「我小三的時候，在家附近的公共澡堂……」

「棄權！我要睡了！」

志乃原衝出盥洗室就鑽進我的床上，並把棉被拉過頭蓋起來。

她再怎麼說都是客人，所以讓她睡床是沒差，但會那樣毫不猶豫就撲過去，可見她真的很怕鬼故事吧。

「也棄權得太快了吧……」

我嘆了一口氣之後，志乃原就從被子裡探出了臉。

那雙大眼狠狠地瞪著我。

「沒辦法。真的不行，你下次要是再說，我就真的不做飯給你吃喔。」

「我知道了啦，抱歉抱歉。確實是我醉了。」

「就是說嘛，才沒有什麼鬼怪呢。都是因為以前的人誤會了空想性錯視這種現象。只要有三個點，看起來就會像是人臉。那就是鬼怪的真相！」

聽著志乃原在背後這樣大肆主張，我就從衣櫃當中拿出床墊來。開始一個人住的時候我就買了兩套放著。當初是打算在交了女朋友，或是讓朋友來住的時候可以派得上用場，然而其實滿少用到這套床墊。

禮奈偶爾會來過夜，但幾乎沒有讓朋友來住過。我不太喜歡讓人來住自己家裡。

彩華也是因為知道這一點，所以只會在白天的時候來我家。

平常總是泡在我家的志乃原才是個例外。我還是搞不太懂自己到底是因為哪一點才會允許她這樣做。

或許只是因為作為一個人跟她很合得來吧。

「啊，學長。我來幫你。」

看我抱出了床墊，志乃原也站了起來。

「不，不用啦。反正這是我要睡的。」

「咦？我可以睡床上嗎？」

「因為那張床滿好睡的嘛。」

反正都要讓她過夜了，就想給她睡在比較好的地方。年紀比較大的人，偶爾就是會想展現自己的虛榮心。

看到志乃原驚訝的表情，我也覺得滿足了。

她會那樣衝到我的床上，只不過是為了逃離鬼故事，看來不是真的打算睡在那裡。

「想換床單也可以喔。」

「不用啦，要洗應該也很麻煩，要我就這樣睡也完全沒問題喔。但這樣真的好嗎？」

「沒差啦。又不會少一塊肉。」

我鋪好床墊之後就鑽了進去。

雖然志乃原睡的床跟我的床墊並沒有隔多遠，但就一個人住的房子來說，這樣的距離已經是極限了。

關燈之後，這間套房就幾乎被陰影覆蓋。只有從窗簾的縫隙間透出月光，化作一條直線穿透過來。

「晚安。」

我這麼一說，感覺志乃原也微微一笑。

「嗯，晚安。」

閉上眼睛之後，就能聽見志乃原稍微動了一下的聲音。

她應該一樣可以感受到我的一舉一動吧。

這讓我更是強烈意識到在沉默降臨的這個空間當中，跟志乃原兩人獨處的事實，便在閉上的眼瞼更加使力。

「學長，你也隔太遠了吧？」

聽到志乃原這樣悶悶的聲音，我稍微睜開了眼睛。

應該是從棉被裡面傳出來的那道聲音，聽起來感覺莫名遙遠。

「還好吧。相隔還不到兩公尺耶。」

總覺得回覆她的聲音有些拔高。究竟是因為酒精讓喉嚨有點啞了，還是因為這不習慣的狀況感到緊張呢？

事到如今才覺得緊張也很丟臉，但確實有種跟女朋友一起睡的時候不一樣的感覺襲來。

就算等了一段時間，也沒聽見志乃原繼續接話。

在寂靜的空間當中發出細微聲響的時針感覺格外討厭，讓我後悔地想著早知道用電子鐘就好了。

她要是已經睡著，那真是一個粗神經的女人。

就算再怎麼信任我，她還是有點缺乏危機意識吧。

因為時值深夜，不禁讓我想到那方面的事情，既然如此還不如早點入睡，但越是想讓自己睡著，思路反而更是清晰。

我睜開眼睛，憤憤地看著天花板。

「不行，我睡不著。」

沒有聽見她的回應。

「志乃原？」

我最後再叫她一次。要是這樣還是沒有得到回應，我就打算逼不得已地滑個手機。因為那樣肯定會更清醒，可以的話我想避免這麼做。

但幸好志乃原那邊傳來了床單摩擦的聲音。

「……我都快睡著了耶。」

「抱、抱歉。」

從睡夢中被拉回現實世界的志乃原聲音聽起來比平常還要嘶啞一些，讓我不禁道歉。

志乃原也在床上翻來覆去了一下子，後來才終於平靜下來。

因為沒聽到她打呼的聲音，沒辦法確定她是不是睡著了，但事到如今我才覺得因為自己睡不著就吵醒她滿狠心的，輕輕嘆了一口氣。
於是我放棄地從口袋當中拿出智慧型手機。
「你要一起睡嗎？」
「……啊？」
我無法理解志乃原忽然說的這句話，發出了傻呼呼的聲音。
「沒關係喔，學長也到床上來睡吧。」
我終於理解志乃原的說法，便朝著志乃原的反方向翻過身去。
「我沒辦法跟沒在交往的學妹睡在同一張床上。」
「這樣的信念是很帥氣啦。那就請你快點睡吧。」
「不行，我睡不著。」
「那就過來啊。」
感覺得出來志乃原撐起了上半身。
雖然是在一片黑暗之中，我背後還是可以感受得到志乃原的視線。
平常根本想都不用想就會拒絕的事，現在會感到猶豫也是有理由的。我睡不慣客人用的床墊，所以怎樣都睡不著。
……但這幾乎是藉口了。志乃原的提議就是有著這麼難以抵抗的魅力，甚至讓我不禁在

腦海中閃過了這樣的藉口。

平常明明都是隨便敷衍過去，但在一片黑暗之中，那道嫵媚的聲音在耳中響起。

我離開床墊站起，在幾乎看不見的狀態下，好不容易才走到床邊。

「來，請上來吧。」

不知道志乃原是不是看得見我，她拉過我的手，要我來到她身邊。

在床上坐下之後，就能感覺到志乃原的氣味變得更靠近了。

不同於自己床鋪的那道甜美氣味搔弄著我的鼻腔。

「我會靠著牆邊睡。請你別在睡覺的時候把我踢飛喔。」

「我的睡相才沒有那麼差。」

我做出反駁之後，感覺志乃原輕輕笑了。

眼睛終於習慣這片黑暗，我也可以看見志乃原的臉了。

「那就好。」

志乃原扭過了腰，將身體移動到牆邊之後就躺上了枕頭。

我也把拿過來的枕頭放在旁邊，緩緩地躺了下來。

儘管志乃原背對著我，但短短幾十公分的距離，讓我就連一道呼吸都感受得到。

雖然懷疑這樣是不是會更睡不著，不過因為內心某處覺得心情已經得到滿足，事到如今也不會再去介意這種事。

不知不覺間，再也沒聽見時鐘的滴答聲了。

頭髮和枕頭之間摩擦的聲音一旦止住，彼此沉默的時間就會延續下去。由於沒有聽見志乃原的打呼聲，能知道她還沒睡著。

眼睛還睜開的我望著什麼也看不到的一片黑暗，這時志乃原終於開口說：

「你很可靠呢，學長。」

到底是針對哪件事情覺得可靠啊？雖然是一句不清不楚的話，我卻已經明白個中意義。

「……真的可靠的男人才不會讓沒在交往的女生來家裡過夜呢。」

「這倒是。」

「妳也不要這樣認同啊。」

隨口聊聊之後，緊張的情緒稍微鬆懈。

這時一點一滴的，似乎開始下雨了。

可以聽見深夜開始下起的雨叩響地面的聲音。

睡不著的我，只是盯著什麼也沒有的空間看。眼睛一習慣了黑暗，就發現四周的亮光好像正漸漸轉暗。是雲層蓋住月亮了嗎？

我睜眼一段時間，終究還是覺得膩了。

「學長。」

「嗯？」

「你為什麼會跟前女友分手呢？」

這讓我有點後悔向志乃原說到有前女友這件事。

禮奈已經是過去的人了。

要是沒有在購物中心跟她重逢。要是她沒有打電話過來。

她就會沉澱在記憶的深處，終究會一點一點磨耗消逝才對。因為對志乃原說出口的關係，讓我又會不禁在意起禮奈，這讓我覺得很討厭。

而且耗在無從解決的事情上的時間和體力更是浪費。

酒意開始消退的現在，我開始這麼思考了。

所以，我沒有什麼話好對志乃原說的。

「這段時間跟學長相處下來，我隱約知道你不喜歡說這些太私人的事情。但就算是藉酒才會對我說，我還是覺得很開心。」

「很開心？為什麼啊？」

「這還用問嗎？」

她像是覺得我說了什麼奇怪的話一樣，反問了回來。但我還是不知道個中原由，因此以沉默催促她回答。

「當然是因為這讓我明白你信賴我啊。」

信賴——我在心中這麼重複了一次。這是指信任與仰賴。雖然知道字面上的意思，但這並不是我刻意去做的言行，所以不禁稍微思考了一下。

說真的，我完全沒有這個打算。不過只是一個人懷抱這些有點辛苦，才會因為酒精而潰堤並說溜出口。

「因為我看見了學長不讓其他人看見的一面。」

這句話讓我想到彩華。

我知道大家不曉得的彩華的一面，就可以說是信賴的證據吧。如果要說不會因為這樣而感到開心，那就是謊言了。

這麼一想，我一定也信賴著志乃原。

於是我肯定了志乃原說的，表現出不讓其他人看見的一面，正是信賴的證據這樣的解釋。

「或許是吧。」

我這麼回覆她之後，就覺得志乃原好像撐起上半身低頭看著我。只能稍微看清楚的臉，直直盯著我看。

「剛才我想說還是不要太深入追究，但果然還是很在意。」

她向來沒有用過這麼認真的口吻，這讓我察覺她想問的事情。

「你今天跟前女友之間發生了什麼事嗎？」

我持續保持沉默，這讓滴滴答答打在窗戶上的雨聲格外響亮。冬天晚上開始下起的雨，肯定相當冰冷吧。

直到剛才還灑進室內的月光應該也是被烏雲遮蔽而消逝，原本還能勉強看見志乃原的表情，現在則看不到了。

而且這段沉默對志乃原來說，肯定就是回答。

「看來我還是沒有被信賴啊。」

「妳這種問法太狡猾了啦。信賴與否跟有沒有要說出口是兩回事喔。」

我之所以不想對她說，是因為我想忘了禮奈。我不認為就算跟志乃原說了，就能連接到什麼結果。正因為是只要我一個覺悟就能解決的問題，我才會不想說而已，並不是不信賴志乃原。

這是完全不相干的兩件事。

「再說了，要是不信賴妳，我就不會讓妳在家過夜了。」

因為她沒有回應，我就對著天花板繼續說了下去。

「換作是妳，就會將自己所有事情都對信賴的人說嗎？像是我。」

這個例子是不是太自以為是了呢？

但這段時間她一直像這樣跑來我家，直到今天終於一起在同一個屋簷下共寢了。我不覺得這樣還沒有得到她的信賴。

我明白這是很單方面而且樂觀的觀察，但志乃原也沒有反對，這讓我鬆了一口氣。

「……確實……是這樣沒錯。我也會這樣想。」

緩緩地，志乃原一字一句地道出。

「信賴一個人，跟會說出很私人的事情，是兩回事呢。」

她像是接受了這個說法，於是再次躺了回去。

雖然看不見她的身影，但隱約知道她背對著我。

「能知道這件事真是太好了。原來大家都是這樣想啊。」

「至少我是這樣啦，別人我就不知道了。」

「大家肯定都是一樣的。因為我也是嘛。」

志乃原輕輕吐了一口氣之後繼續說：

「我也有就算是面對學長，一樣不想說的事情。」

那是不是指彩華的事呢？或者是跟彩華有關的事？抑或是跟這些完全無關的別件事情？

在內心這麼猜測之後我發現了。

正是因為在乎對方，才會抱持著希望對方能夠坦白的想法。這不就正是剛才志乃原所想的事情嗎？

「我決定了。」

「決定什麼？」

「我要讓學長更喜歡我。」

對於這番突如其來的發言，我不禁倉皇失措。

「妳、妳突然說這什麼話啊？」

「因為，我們都這麼密切相處了，你卻還是不對我說，總覺得很不甘心啊。我想跟學長成為你可以自然而然對我說出口的關係。」

我感受到志乃原再次翻過身面對我。

她這次貼近到我甚至能感覺到她的呼吸。

「晚安，學長。」

志乃原的手，稍微觸碰了我的背。

這是一個輕輕的擁抱。柔軟的觸感。從脖子飄散出的洗髮精香氣搔弄著我的鼻腔。

那確實存在著一股溫暖。

這個擁抱持續了一段時間，志乃原終究還是鬆開環在我腰上的手。

「啊哈。總覺得小鹿亂撞了。」

「還不是妳自己抱上來的，是怎樣啦。」

為了不被她察覺自己內心的昂揚，我刻意說了這種比較強硬的話。

「因為……這是第一次嘛。」

「……什麼第一次啊？」

「——祕密啦！」

志乃原從我身上搶走棉被裹住自己的身體。

「喂，很冷耶！還給我啦！」

我也不得不從我原本要睡的床墊上抽起毛毯，包在身上。

志乃原笑著將臉埋進棉被裡頭。

從今以後，志乃原會更加介入我的日常生活吧。

我跟志乃原也不過相處了一個月而已。

然而這短短的一個月，志乃原已經融入我的生活，到無法從我的注意力當中切割開來了。

一想到以後跟志乃原的關係會更加親近，我甚至覺得有些期待。

「那就晚安啦。」

沒有回應。

只有一陣陣平穩的呼吸聲，從隔了幾公分的地方傳來。

「真是的，馬上就睡著了啊。」

我笑了笑，稍微拉開了跟志乃原之間的距離。

看來，今天可以不用再回想起過去的事情了。

我想著往後的新日常，閉上了眼睛。

終章

『明天也有聚餐耶，你要不要也來參加？』

電話的那一頭，彩華打來詢問我的意願。

自從慶祝考試結束的那次喝酒聚餐之後過了一星期，某天深夜彩華突然打電話過來。

因為是很突然的邀約，我低吟著「嗯——」感到猶豫。

「還真突然耶，為什麼又約了啊？」

才想說要來抽根菸而找起菸盒的手停了下來。

這麼說來，彩華說過覺得我還是戒菸比較好。

『那月很想約你一起來，講也講不聽啊。聖誕節聯誼時的那些人明大全都會來，我想說這樣剛好嘛。』

這一句話讓我感慨良多。

沒想到那場聯誼能牽起這樣的緣分。

『怎麼啦？突然不講話。』

「沒有啦，我想說聖誕節期間，也並不是只有不好的回憶嘛。」

『什麼嘛。』

彩華做出了覺得可笑的反應。

『對於我這個主辦來說那場聯誼算是失敗，所以沒有變成一個好的回憶就是了呢。但要是你這個認識了四個可愛女生的男人悲嘆聖誕節那段期間，可是會引起暴動喔。』

「四個人？」

聖誕節那天的聯誼上，除了彩華之外應該只有三個女生。

當我思考著剩下的一個是指哪個人的時候，彩華傻眼地說：『你忘了嗎？』

『你撞到聖誕老人了吧。』

「啊，對耶。」

我沒想過彩華會提及志乃原，因此腦中完全漏掉這件事了。

確實也是在聖誕節期間跟志乃原相遇的。

跟禮奈分手之後，抱持著恢復單身的空虛感，走在璀璨燈飾的陰影之下的那段聖誕節期間。

但事後看來，我也因為這樣而認識了很多人。

這些都是如果我有女朋友，就不會牽起的緣分。

正因為那時單身，我才能建構起現在的人際關係。

如此一想，內心也很不可思議地溫暖了起來。

「能不能再過一次聖誕節啊……」

對於我不禁脫口的這句話，彩華輕輕笑了。

『你有看開就好。』

……難不成聖誕節的那場聯誼，也是出自她的體貼才會約我的嗎？

腦中浮現這樣的想法，我還是決定不問出口。

我不知道彩華是不是有意識到這點，但依然很感謝她。

也開始盤算起是不是要送什麼禮物給她。

雖然沒有送過什麼禮物給彩華，但我畢竟也收下了她送的鑰匙包。

如果是回禮，彩華想必也會開心地收下吧。

當我想著這些事情的時候，彩華突然發出一聲驚呼。

『你看外面！』

我照著她說的看向外頭。

只見窗外有著輕柔細雪零星飛舞在半空中。

連聖誕節那時也沒有下的雪，現在漸漸覆蓋了這個城市。

好久沒看到雪了。

打開窗戶之後，細雪隨著乾燥的寒風吹送了進來。

「如果這時候有燈飾就好了呢。」

『我懂！』

從位在二樓的套房探出頭，就能眺見路燈映照出來的雪。

隔著電話，我聽見彩華也把窗戶打開的聲音。

『好冷喔～～！』

對於這樣純粹嬉鬧起來的彩華，我不禁揚起嘴角。

「很冷呢。」

伴隨著這句話，呼出的白氣冉冉飄上夜空。

ト一個聖誕節能快點到來就好了。

吹著一點也不柔和的風，我產生了這樣的想法。

後記

從書籍版開始閱讀的各位讀者，初次見面。我是御宮ゆう。

有讀過網路版的各位讀者，好久不見。我是ミーさん。

非常感謝各位購讀本書。

本書是將刊登在小說投稿網站「Kakuyomu」、「成為小說家吧」的網路版內容，經過加筆及修正而集結成冊的作品。

……很突然地，請問各位對於聖誕節抱持什麼樣的印象呢？

以最近來說，或許回答「是跟戀人共度的日子」的人比較多呢。至於其他占多數的回答，我想應該是「耶穌基督誕辰」……之類的吧。

對我來說的聖誕節，就是聖誕老人。平安夜的時候一邊抱持著聖誕老人會來的雀躍感入睡，早上醒來之後就會發現枕頭旁邊擺著禮物……雖然我已經不會再收到禮物了，現在卻還是可以回憶起那種雀躍的心情。為了回饋讓我留下這樣美好回憶的聖誕老人，回老家的時候得好好孝順一番才行。

儘管大家對於聖誕節都各自抱持著不一樣的印象，但我認為共通點都是非日常的感覺。在一年當中，光是有幾個可以體驗這種非日常感覺的日子，就能將日曆點綴得更加繽紛呢。我最近開始認為，世上的情侶之所以會慶祝紀念日，可能也是為了點綴日常生活吧。雖然形式各有不同，說不定大家都是為了在日常生活當中體會非日常的感覺，而成就了現在的聖誕節。

希望本書可以像這樣的聖誕節一樣，替日常生活增添一點非日常的感覺就好了。我也是抱持著這個想法，才會開始下筆創作。

沒想到竟然可以像這樣出成一本書問世。我自己也相當驚訝。

契機是Kakuyomu所舉辦的網路小說大賽。

有幸得到了特別獎，才得以在角川Sneaker文庫出道。

接下來，就是要致上一段謝辭，獻給提攜我出道的各位。

在進行加筆以及修正內容的時候，親切陪我商討的責編、替我指摘出許多地方的校閱、業務以及編輯部的各位，真的非常感謝大家的照顧。

還有，替本書描繪插圖的えーる老師。第一次收到責編寄來的插圖時，我都感動到發出奇怪的聲音了。非常感謝老師賦予了登場角色們生命。

最後，要感謝購買了本書，還讀到後記的各位讀者。

完全是多虧了各位讀者的支持，我才能寫下這部作品，真的非常感謝大家。
想再見到小惡魔學妹的各位、想再見到美人惡友的各位、在意故事後續的各位。
希望大家可以向更多人推薦本作！
那麼，也差不多要道別了。
後記就不再冗言，希望能在第二集與各位相會。
……不知道第一次的後記寫得好不好？

御宮ゆう

國家圖書館出版品預行編目資料

小惡魔學妹纏上了被女友劈腿的我/御宮ゆう作；
黛西譯. -- 初版. -- 臺北市：臺灣角川, 2020.12-
冊；　公分. -- (Kadokawa fantastic novels)
譯自：カノジョに浮気されていた俺が、小悪魔な
後輩に懐かれています
ISBN 978-986-524-142-1(第1冊：平裝)

861.57　　109016623

Kadokawa
Fantastic
Novels

小惡魔學妹纏上了被女友劈腿的我 1

（原著名：カノジョに浮気されていた俺が、小悪魔な後輩に懐かれています）

2020年12月17日 初版第1刷發行
2023年4月18日 初版第3刷發行

作者：御宮ゆう
插畫：えーる
譯者：黛西

發行人：岩崎剛人
總編輯：蔡佩芬
副主編：楊鎮遠
美術設計：黃永漢
印務：李明修（主任）、張加恩（主任）、張凱棋

發行所：台灣角川股份有限公司
地址：104台北市中山區松江路223號3樓
電話：（02）2515-3000
傳真：（02）2515-0033
網址：www.kadokawa.com.tw
劃撥帳戶：台灣角川股份有限公司
劃撥帳號：19487412
法律顧問：有澤法律事務所
製版：巨茂科技印刷有限公司
ISBN：978-986-524-142-1